拉彌亞
百鬼夜行—卷12—完結篇
笭菁 著

百鬼夜行—卷12（完結篇）—拉彌亞

（※本故事內容純屬虛構，如有雷同，純屬巧合。）

目次

楔子

孩子不動了。

剛剛那個哭得淒厲、全身抽搐的孩子突然間不動了。

披頭散髮的女人趴在兩公尺外，用那瘋狂且渴望的眼神，盼著躺在冰冷地板上的嬰孩能再有點反應……哭啊！哭起來啊，她應該哭得再大聲一點，再尖銳些的。

「不不不……」女人痛苦的嚎叫，「不會的！快哭啊！哭啊！」

被包裹得嚴實的嬰孩不再動了，小臉漸漸轉為青紫。

女人以手代腳的爬了過去，舉起顫抖的手，想碰又不敢碰觸那過於平靜的嬰孩。

「別這樣，我都照做了，米米……米米妳睜開眼睛啊，是媽媽！」女人聲淚俱下的喚著，指尖輕輕戳著嫩嬰的臉，無奈嬰孩已然完全沒有反應，「米米……啊啊啊！」

她一把抱起了嬰孩，緊緊圈在懷裡哭號著，望著腳邊圍繞成圓型的蠟燭，她每一個步驟都仔細再仔細，爲什麼會失敗了？

「我哪裡做錯了？我到底……」女人看著懷裡的嬰孩，不捨的貼著她的臉，「對不起，是我的錯……我應該更仔細的，我不該這麼莽撞！」

放下嬰孩，她依依不捨的看著那發紫的臉蛋，「明明就是米米的模樣，爲什麼會失敗？」

窗外忽地閃過一道白光，接著是駭人的雷鳴聲，大雨變成了暴雨，這麼可怕的聲響都不再驚醒懷中的嬰孩，女人輕輕探著小巧的鼻尖，嬰孩果然已經沒了呼吸。

浪費了！眞浪費了！

她不敢遲疑，把孩子放下，開始吹熄滿地的蠟燭，把地上的痕跡抹去，再趕緊把自己的東西收拾好，來到窗邊時，看著外頭像暴風雨的天氣，有點心疼的回頭看向躺在地上的嬰孩。

所以她拿過了一個塑膠袋，重新回到嬰孩身邊，把她給裝了進去。

「我聽說死後幾個小時聽力都還是在的，我知道妳還小聽不懂，但讓妳這樣淋雨我也於心不忍……」女人邊說，邊用塑膠袋一層一層的將嬰孩給包裹起來，再放進一個購物袋裡。

剛出生的嬰孩能有多大，隨便拎個包都能塞進去。

平常心啊！女人拿過傘，從容的走出了門。

這場雨眞的太大了，大雨如同澆灌一般，時值冬季，天又黑得早，這雨大到視線模糊，路上幾乎沒有行人；女人全身黑色裝束，打著黑傘，極端低調不引起旁人的注意。

彎彎繞繞的鑽過小巷，終於來到了兩個垃圾子母車邊。

這是某條巷子的後方，她刻意從後方繞過來，完美避開大路，她從購物袋裡拉出了那個塑膠袋子，最後的凝視了嬰孩數秒。

「下輩子，不要再遇到我這樣的人。」

說著，她將手裡的塑膠袋抛進了子母車裡。

兩座子母車垃圾都已滿載，所以「垃圾」落在了最上方，女人緊握著傘遲疑數秒，含著淚回身快步離開了巷子。

大雨打在白色的垃圾袋上，滴滴答答……答答答答……

然後袋裡的嬰孩，突然呼出了一口氣，呼……

啪噠啪噠，子母車前方約莫五公尺遠的巷口，打著傘也濕的行人正奔跑著往前，急著想要找地方避雨。

「這雨也下得太誇張了！」

「快點先找間店躲吧！」

他們身後另有個高挺身影，正不急不徐的往前走著，他身上的防風雨衣，完美的擋下了所有雨水，他也絲毫不以爲意。

皮鞋踏過巷口，戛然止步。

男人狐疑的蹙眉，再向後大退一步，轉向右邊的昏暗巷底中，那兩台骯髒的垃圾子母車。

他好像聽見了哭聲。

轉過腳尖，大步往巷裡走去，右邊那台子母車上垃圾滿溢，但最上面卻夾雜著一股詭異的氣味。

男人站在子母車前，看著大雨沖打，而有個白色塑膠袋明顯的動了動。他知道裡面有東西，遲疑著要不要干預人類事務時，那袋子舞動得更厲害了些，彷彿巴不得引起他注意似的。

眞令人討厭，他看著塑膠袋裡的陰影，爲什麼看起來像是個孩子？

唉，他上前，小心翼翼的打開了塑膠袋，在打開的瞬間，一雙眼睛竟與他四目相對。

人類嬰孩甫出生的視力是不佳的，他們看不見清楚的事物，充其量只是個影子；但袋子裡的嬰孩，目光卻如此堅定，彷彿似牢牢鎖著他似的。

「嚶……」嬰孩突地痛苦皺眉，發出虛弱的哭聲，稚嫩的小手掙扎著，彷彿想要個擁抱。

打開塑膠袋後，傾盆大雨即刻灌入袋內，澆打在嬰孩身上，沒幾秒嬰兒就泡在冰水裡了，舞動四肢的力道很弱，哭聲漸歇，男人在原地盯著幾分鐘後，嬰孩又沒聲了。

「喂？Hello？」他伸手朝著嬰孩的小手摸去，竟如此冰冷。

小小的手沒有抓住他的，反而是垂軟了下去。

天哪！有別於前幾分鐘的漠然，男子急忙的將孩子從水裡抱出，擱在懷中搖著，但嬰兒都無動於衷，鼻下他探不到氣息，趕緊朝嬰孩的脈搏壓去——若有似無。

他低首望著那可愛天眞的面容，男人在事後回想千百遍，也找不到當時施法的理由。

他輕輕的吻上了嬰孩的額頭。

小小的女嬰顫動了一下，沉重的眼皮似睜非睜，然後……

「哇……哇哇——」

「沒事了！沒事了！」他將孩子緊緊抱在懷中，眨眼間大雨竟避開了他的上方，「別哭！沒事了！」

再下一秒，原本滴著水的嬰孩身上完全乾爽，男子取下頸間的圍巾，好好的裹住了孩子，疾步走出巷子。

他眞的設想過無數次「如果」，但每一次，他覺得他都會選擇救下她。

第一章
罕客

「歡迎光臨！」

嘹亮有力的聲音響著，俏麗女孩站在金色屛風後，迎接著一群詭異裝扮的客人入場；這群客人引起許多人的注意，大家紛紛讚嘆那特殊化妝術，雖說來到「百鬼夜行」大家都習慣扮裝，但最近捲得也太誇張了！瞧今天進來的幾個人，一雙眼睛位在額頭上，還緊緊相連，嘴巴佔了臉的二分之一，還有舌頭在那兒吐來吐去，這是怎麼辦到的啊？

首都R區寧靜街上，清一色全是酒吧夜店，最知名的夜店，要屬位於街尾最末端、那個只要一踏上寧靜街，便能看見那棟如城堡般的建築物、傳統上所謂路衝的夜店「百鬼夜行」！

一棟三層樓的透天厝，表面用木板裝潢成古堡模樣，整整三樓的牆面上有許多詭異的雕像，囊括各類妖魔鬼怪，整棟樓閃爍著陰森的光芒，大門還是一張血盆大口的形狀。

來「百鬼夜行」的客人都會卯足全力裝扮成各種妖怪，便能獲得第一輪免費的酒，而夜店內所有的服務生扮裝唯妙唯肖，全是妖魔鬼怪，化妝術無人能敵！

「收斂點啊！」女孩趕緊往前低語，「各位可別現出原形喔！」

一眾客人努力的點點頭，他們的左手上，都戴著銀色的手環，一樓的客人看著自己右手的金色手環，好奇的打量著那群連走路都奇形怪狀的人們，銀色手環是什麼樣的ＶＩＰ嗎？

「特別ＶＩＰ。」彷彿讀出他們的猜想，女孩轉頭朝著他們解釋，「請跟我上二樓，各位！」

厲心棠趕緊引領著「怪」人們往大廳深處走去，前往舞台後方的樓梯，才是通往二樓的「非人區」。

「好久不見！」幸好沒走幾步，西裝筆挺的店經理現了身，「您預約的菜色都已經幫您準備好了喔！」

客人們一陣歡呼，那舌頭又差點伸出來了。

店經理是位女性，總是一身中性裝扮，及地的長髮紮著長馬尾，一絲不苟，名喚拉彌亞——是，就是大眾認知的那個「拉彌亞」。

有拉彌亞在，厲心棠就覺得格外安心，沒有什麼事是拉彌亞鎮不住的！她到吧台邊端起準備好的調酒，吧台裡的金髮帥哥一邊忙著跟女客人調情，一邊沒忘記瞄她一眼：「7號包廂。」

「好的！」她端過托盤，左顧右盼，招了一個頭破血流的男人過來，「7號。」

男人扭曲的手接過托盤，但依舊穩當，他一路走著都令人看得膽戰心驚，瞧瞧那慘狀，聽說這服務生的扮裝主題是「車禍亡靈」。

而遊走在舞廳裡，最醒目的開始那穿著雪白和服、蒼白膚色、但美麗的「雪女」了！客人們總是好奇的接近她，試圖破解為什麼光在她身邊一公尺的範圍，都能感受到森森寒氣？

其實不必糾結，她就是正港的雪女，那個在雪山裡被殺掉、怨魂不散、轉而成精的雪姬。

「棠棠，」雪姬趁機朝著她走來，「外面的東、西好像還在，大家都很不安。」

聞言，厲心棠朝著金色屏風那邊看去，但卻對著雪姬微笑，「沒事，他們不敢進來的，百鬼夜行可是個法外自治區。」

她要青面鬼準備一些點心，然後繞出屏風外，負責門口審查的是兩個俊俏的小正太，兩位都是吸血鬼，但今晚都相當的低氣壓。

「笑啊，兩位，我們開店做生意的，笑容呢？」厲心棠一出來就看見他們垮著一張臉。

「外面站著奇怪的東西，哪笑得出來？」小淘沒好氣的抱怨著，指著大門對面的不速之客。

「百鬼夜行」大門右邊，排了滿滿的人龍，大家都在等著入場，無奈現在場內已滿，所以只能在外排隊等候；厲心棠走出以「血盆大口」爲門口的大門，朝左方跟客人們點頭微笑，接著視線就落在馬路對面那兩、三位街友身上。

她依然保持微笑，朝他們揮揮手，此時矮小的青面鬼端著一籃食物走過來，排在前頭的人看見還驚呼出聲：「是侏儒嗎？」

「是的。」厲心棠回以肯定的答案，接過籃子，「謝謝，進去吧。」

青面鬼多看了客人一眼，誰跟你侏儒，你全家才侏儒！老子是正港青面鬼！隨時都能把你拆成十幾塊吃了！青面鬼又粗又長的舌頭舔遍了整張臉，排隊的人們只是看戲般的驚呼連連。

厲心棠手裡捧著兩紙籃點心，裡面都是速食類食物，熱騰騰的酥脆薯條與炸雞塊，她記得他們喜歡吃。

「辛苦了。」她走到流浪漢面前，遞出了食物，「這個小店請客。」

流浪漢抬頭看了她一眼，略顯猶豫。

「別客氣了，還想吃什麼？我們店裡能提供的都有。」厲心棠把紙籃塞進他們手裡，「漢堡有牛肉跟炸雞的，另外要吃雞肉捲嗎？爆米花？」

望著她流浪漢明顯的嚥了口口水，但又說不出口。

「可樂？」她再問，他們眼睛都微微亮了，「沒問題，都為兩位準備……只有兩位吧？」

街友們沒說話，這才趕緊別開眼神，留意到「百鬼夜行」外一整排排隊人龍都在看著他們，趕緊點頭，用那蒼老的手顫抖揮揮，表示感謝。

「別客氣，天使降臨，小店也沒什麼好招待的。」厲心棠突然話鋒一轉，「除了進店以外，有其他需要，儘管透過門口的人找我！」

兩位街友眼神閃過一絲詫異，他們不可能眼拙認錯，但眼前的孩子就只是一個普通的人類，她怎麼可能知道他們是誰——啊！

「裡面那些怪胎告訴妳的？」

「我們店裡的客人，囊括了妖怪、精怪、鬼與人類，沒有哪個是怪胎。」厲心棠輕巧的糾正他們的用語。

街友們露出明顯的不屑，厲心棠只是莞爾，都什麼年代了，有些天使還是習慣高高在上。

「我們有工作在身，剛好在你們店外而已，不必多心。」街友敷衍的說著，拿起籃子裡的薯條入口，「感謝招待。」

「飲料跟漢堡等等送來，辛苦了！」厲心棠禮貌的說著，回身準備過馬路。排隊的客人紛紛對她豎起大姆指，在他們眼裡，她是個幫助街友的好心人。

厲心棠踏入大門，暗處高壯的保鑣走了出來，憂心忡忡。

「別擔心，你不要踏出去，他們不能拿你怎麼樣的。」厲心棠安慰著員工，畢竟保鑣也不是人類，「他們也不能入店裡，『百鬼夜行』會給你們最佳的庇護。」

保鑣聞言，終於放下了心，雖說在這裡工作都明白會有庇護，但現在「百鬼夜行」最大的兩位老闆不在，還是讓人難以心安；不過棠棠是他們的養女，雖是人類，但她懂得比他們多很多很多。

鬼只懂鬼、妖只懂妖、惡魔只懂天使，但棠棠卻什麼都懂。

「眞討厭，他們來幹嘛？」吸血鬼正太們惴惴不安。

「別怕，你們不同族的，天使能奈何得了吸血鬼？」厲心棠笑著拍拍帥小子。

「呵、呵，」小淘沒好氣的賠著笑，「聖水可以。」

「聖水沒這麼好拿的，你以爲便利商店喔，隨時買得到？」厲心棠再往馬路對面瞥了眼，「反正別出門就沒事了，他們沒那個膽量惹百鬼夜行的啦！」

厲心棠笑著往店裡走去，繞進了金色屏風，店內所有的妖魔鬼怪下意識紛紛朝她看來！

呼！她感受到視線與龐大的壓力，先交代青面鬼再去準備點心，掛著微笑一路朝客人打招呼，順便收走一些空餐具，然後趁機走到舞台旁的簾幕後，那個非員工不得進入的專區，趁機鬆口氣。

她獨自扶著牆坐上階梯，調整著情緒，天使出現在店門口絕對不是巧合！而且根本是在監視他們！

「棠棠？」拉彌亞也走了進來，「妳一個人不該獨自在階梯上。」

「百鬼夜行」的二樓全是非人，雖然明文禁止店內不許獵食，但是……只要有一個凶性大發，突然朝人類下手，那就是後悔莫及的事了。

厲心棠抬頭看了拉彌亞一眼，「我沒事的。」

拉彌亞總是太擔心。她當然知道拉彌亞的憂慮，但是她是在這裡長大的孩子啊！況且叔叔跟雅姐在她身上，也是有做些防護的嘛。

「在煩惱天使的事嗎？」拉彌亞溫柔的問，「他們只是晃晃，不敢進來的。」

「我擔心的不是這個，是爲什麼會來？」厲心棠又吁了一口氣，「我一直覺得是雪女2號上次的事情鬧得太大了。」

上次有冒牌雪女讓首都降到零下，這種讓一般人類都察覺到的異變，新聞到現在都還在報，各個氣象學家都還沒研究完，就引起了天使的注意吧？她也是瞎猜的。

「老大跟雅姐呢？他們都沒來店裡，如果他們在的話……」拉彌亞深吸了一口氣，天使也不是她能對付的。

「不行，叔叔跟雅姐現在不適合來店裡。」厲心棠斬釘截鐵的拒絕，「應該不會有什麼大事，我們平常心就好。」

她嘴上這麼說，自己卻也難以平心靜氣。

拉彌亞心疼的望著她，輕撫著她的頭，「妳看起來一點都不平常心啊！」

「唉……很煩！」她咬了咬唇，「如果闕擎在就好了。」

闕擎，她喜歡的男人，眞心喜歡的人。

拉彌亞眼神黯了幾分，噢了聲，「對啊，他人呢？不是都跟妳住在一起？」

「沒，他現在兩邊跑，但是他醫院那邊有點狀況。」厲心棠邊說，臉上都是失望。

不只是醫院有狀況，其實……他整個人都不對勁，闕擎不說，不代表她不知道，她那麼喜歡他，怎麼會不知道他的變化！

雪女2號事件後，闕擎就變得有點怪怪的，只是沒告訴她而已。

闕擎是意外認識的，總之他是個有陰陽眼、容易看見鬼也會被纏上的傢伙！一直以來都封閉自己不與外人或鬼接觸，因爲不得已的情況下才把鬼引到「百鬼夜行」來，是因爲這樣認識的！

除了長得貴氣好看外，她就喜歡他那酷酷的模樣，店規不許大家干涉人類的事，但她是人類，不在這個規定之內，她就是想幫人，可是又沒能力——只好拉著闕擎幫她，初期是想著既然他能看見鬼，應該更方便吧！雖說後來什麼事都拉上他，但闕擎都是嘴上唸唸，每次都幫她的！

然後，原來他不只是體質敏感而已，他竟然可能是一種「都市傳說」：黑瞳。

但闕擎說他也是人生父母養，就是一個正常的人類，「黑瞳」應該算是他的能力吧，一種屬於都市傳說的能力。

一種……只要他想、就能讓人自殘至死的能力。

她完全能理解，而且她思考過往，從他們認識後發生的事情，的確有很多惡鬼或是人類最終以自殘結束生命，其實都是闕擎爲了保護他們吧！

「我聽說，之前找你們麻煩、一直糾纏不清的警官死了？」拉彌亞說著這話時，臉上是帶著微笑的，「眞乾脆。」

拉彌亞當然不喜歡程亢成，那個監視闕擎的警官，厲心棠也不介意他的死亡，但是她在意的是他的「死法」。

之前她與闕擎被困在古明中學的體育館內，那裡面被雪女2號冰封，凍死了許多學生老師，但那位警官並非死於雪女2號手上，他是被一槍斃命的！

當時他追著他們離開體育館，他與闕擎之間，公私方面都有仇恨，當時他打算利用自己有槍的職務之便，殺了闕擎！可是在他開槍之前，槍聲便響起，子彈貫穿了他的眉心。

誰開的槍？他們可不是生活在人人擁槍的國度，能開槍的有誰？

「我只知道煩妳的人不在了，但我還是不喜歡妳跟闕擎太近，首先他的身世成謎，再來他身邊太多奇怪的事，光是這個國家的警察會盯著他就不正常了！」

拉彌亞平時對闕擎並不壞，只是在意他們在一起。

厲心棠聞言轉了轉眼珠子，突然好奇的抬起頭，「連妳都不知道他身世？」

拉彌亞可是有超強的占卜能力啊！

只見拉彌亞嘴角略微抽動，露出一抹皮笑肉不笑的神情，「妳想知道嗎？」

想。

這是湧出腦海的第一句話，但是厲心棠沒有脫口而出，因為……她不該借助外力知道鬬擎的過去，說不在意的人是她、不多問的是她、等著他主動說的也是她。

最終她搖了搖頭，「他想說的話，會告訴我的！」

「是嗎？」拉彌亞眼裡閃過一絲黯淡，「那如果他都不想說呢？」

「那就別說啦！表示他不想講，我難不成還逼他？」厲心棠撐著雙腳起身，大口灌著可樂，「我是在這裡長大的孩子，我比誰都有包容力的！」

不去過問到「百鬼夜行」的魍魎魑魅，一旦進入這裡，大家都是一樣的。

拉彌亞並不喜歡這個答案，更不喜歡厲心棠的豁達，她不相信男人的鬼話，因爲她就是受害者！

「別相信男人，棠棠。」拉彌亞沉重的說著，「他們說的話，都不可信。」

喔喔。厲心棠有點尷尬的看著拉彌亞，她知道拉彌亞的過去，她就是被宇宙級渣男始亂終棄、被正宮原配虐成人不人蛇不蛇的模樣，孩子被奪走殺死，而那個渣男從頭到尾都沒保護她，只給了她一些能力。

但是，拉彌亞的經歷不能等於全人類的經歷吧！

厲心棠帶著溫暖的笑，張開雙臂，直接起身上前抱住了拉彌亞，那是家人間親暱的擁抱，從小到大，她都是這樣擁抱著「百鬼夜行」裡的人或鬼……但長大後，真的越來越少了。

「放心好了，我相信自己的心！」她俏皮的朝著拉彌亞眨了眼。

「棠……」

「拉彌亞！」

外頭傳來急促的聲音，新來的車禍鬼有些著急的走了進來，殘破的手指指著外頭。

「怎麼了嗎？」厲心棠即刻走下階梯，順手把可樂瓶塞給了車禍鬼。

「有好幾個亡者來了……有點、有點麻煩！」車禍鬼不知道該怎麼形容，厲心棠即刻往大廳走了出去。

同時間，拉彌亞也感受到二樓起了騷動，以及空氣中瀰漫著的淡淡香甜味——不會吧？

厲心棠衝到舞廳時，就看見金色屏風那兒被一群人圍著，他們又驚又喜，笑聲連連，甚至有個女孩已經抱起了一個孩子安撫著。

對，是孩子，被抱起的那個甚至可能才一歲多！

她緩緩的接近騷動中心，是十幾個小孩的亡靈，最小的連走都不會走，最大的不超過三、四歲！

「這裡未滿十八歲不能進吧?」

「這些孩子的爸媽在哪裡?」

「他們是從哪裡來的啊?」

「小朋友?爸爸媽媽呢?」

對啊,小朋友,你們的父母呢?

「百鬼夜行」三樓,一條長廊兩旁都是房間,房間裡是各種辦公室,坪數不大,但功能齊全,還可以隨時變化;一個綁著雙馬尾的可愛女孩正在一間繽紛的房間裡,指揮著所有孩子們乖乖聽話——限聽得懂的那批。

「這邊的玩具通通可以玩,要喝養樂多的舉手!」女孩嚷著,孩子們紛紛興奮的高舉起手來。

隔壁房裡的厲心棠正把一、兩歲的孩子放在雪姬製作出來的冰塊嬰兒床裡,反正都已經死了,溫度不會是問題。

問題是,這些孩子怎麼來的?

「棠棠，」雪姬正在一旁，把嬰兒床上方再加個蓋，以防孩子爬出來，「妳先到隔壁幫阿天，我把這邊都弄好就過去做玩具跟柵欄。」

「幸好有你們，帶孩子我還眞不會！」厲心棠由衷感謝，正要出門又頓了住，「拉彌亞呢？」

這些孩子，應該是拉彌亞的痛處。

雪姬回眸，略微苦笑，「她在安撫二樓的非人，妳知道的，孩子的靈魂有多可口，現在整間店活像有麵包剛出爐，大家都饞得很！」

哇！原來嬰孩靈魂在魍魎魑魅的眼裡，這麼可口啊？難怪拉彌亞第一時間就要她立刻帶著孩子們上三樓，至少三樓還有結界保護。

匆匆回到隔壁房時，已然井然有序，孩子們各自玩玩具、在牆上塗鴉，剩下的坐一整排喝養樂多看電視，那雙馬尾的蘿莉孩子王把這群孩子管理得非常妥當。

「阿天……」厲心棠說不出的感激，他眞的很有一手。

「讓天邪鬼帶孩子，是不是有點大材小用？」蘿莉嘟著嘴，又拿起一瓶養樂多，強烈暗示。

「一個月的量，沒問題！」她允下了承諾，幸好有能幻化成萬物的天邪鬼扛著，不然她眞的難以應付這群孩子。

一樓有幾個亡靈生前可能也有孩子，但如果孩子會讓他們覺得美味的話，的確別讓他們靠近比較好；雪姬生前也有孩子，所以有照顧孩子的經驗；至於拉彌亞……以前當她的孩子被殺死後，她因孩子思念成瘋，變成專吃孩子的可怕怪物。

厲心棠知道拉彌亞過去做過什麼事，所以她反而怕拉彌亞接觸這些孩子。

幾個較大的孩子正目不轉睛的看著電視，厲心棠刻意坐到他們身邊，仔細觀察，他們都跟活著時差不多，身上沒有什麼可怕的傷口，死狀也很平和，就是蒼白了些。

「嗨，我叫棠棠，妳叫什麼名字？」

小孩子專心看著電視，沒幾個人看她，倒是有個男孩瞥了她一眼！眼神一對上，厲心棠趕緊露出笑容，希望收服孩子們。

「媽媽呢？」男孩有點可憐的問著，「我媽咪呢？」

此話一出，所有孩子突然靜了下來，他們不約而同看向了厲心棠，接著有孩子直接就哭了出來。

「媽媽！」

「我要我媽媽——」

「媽媽——」

哇！厲心棠嚇得掩起雙耳，逃難似的離開了房間，正因為是孩子，活著時的哭喊已經夠可怕了，更別說以亡靈之姿的嚎啕大哭，那不是她區區一個人類受得了的！

「我來！妳下去忙！」雪姬趕忙推她出門，匆匆把門帶上。

三樓她一刻都不敢待，孩子哭喊聲震耳欲聾，一聲聲喊著要媽媽，但是她也無能為力啊！

一口氣死十幾個孩子，她剛粗略滑了手機，沒有查到任何相關新聞，沒有大量死亡的意外，而且死者都是小孩……她緩緩走下一樓，凌晨三點多了，夜店客人減少了許多，不似午夜前那麼熱鬧，大家也輕鬆了些。

「可能是天使吸引那些孩子來的，之前他們應該是到處飄盪，因為天使出現，他們才瞧見百鬼夜行。」德古拉遞上一杯涼爽的啤酒，厲心棠抓過來就灌。

「總共十七個，沒有明顯外傷，沒有重大事故……」厲心棠緊皺著眉，「我想到就不舒服，他們最大的才三歲多！」

這不是尋常現象，尤其在人界沒有任何意外的前提下，這些孩子是怎麼死的，反而更加令她覺得可怕。

德古拉淡淡瞥了她一眼，「百鬼夜行」的店規，所有非人類不得干預人類的事，所以一屋子的鬼即使都看出那些孩子身上有怪異，也沒人敢跟厲心棠提半個字，因爲她不但是整間店裡唯一的人類，還是絕對會管事的人類。

「別瞄我，給我個提示。」厲心棠眼神忽地盯住德古拉，「你一定知道什麼。」

「老大交代過，我們不插手——」

「德古拉……小德……」撒嬌模式ON，厲心棠嘟起嘴望著他，「沒讓你幫，就是說說看！」

德古拉笑而不答，繼續清理手上的杯子，吧台另一邊傳來女性親暱的叫喚聲，他立刻旋身去招呼客人，那位女客人對他非常有意思，順利的話，應該可以成爲他下一頓的晚餐。

車禍鬼拿著帳單過來，厲心棠接過後即刻到角落結帳，一套動作行雲流水，發票及信用卡放到白骨做成的結帳盤裡，交還給車禍鬼。

「裡面的幾個客人都喝醉了，我不敢送他們出去。」車禍鬼面有難色。

啊對！厲心棠即刻跟著他前往剛結帳的包廂，其他人是妖或魔就算了，但車禍鬼是因車禍致死的鬼，店外的天使會嚇得他屁滾尿流的。厲心棠爲幾個醉酒的客人叫了計程車，一位一位送他們上車，還不忘九十度鞠躬，謝謝光臨。

「呼！」揺揺肩頭，她沒忘跟對面的天使頷首，轉身回到店裡。

「謝謝！」車禍鬼很感激，不然平常這是他的工作。

「沒事，天使你們惹不起。」厲心棠拍拍他，身上因被車子夾爛的肉塊又掉下來幾個。

「那個……剛剛那些小孩啊，他們身上是有傷的。」車禍鬼小聲的說著，

「妳看一下他們的手腕……」

咦？繞進金色屏風裡的厲心棠戛然止步，猛然一拉把車禍鬼拉退了幾步，用金色屏風當掩護。

「還有什麼？」她一雙眼亮晶晶的望著車禍鬼，這區區亡靈都看得出來啊！

車禍鬼相當緊張，他看向厲心棠背後兩個俊美的正太，他們正用眼神示意，讓他少說兩句。

「我只、我只看得出來這個……可是那很明顯啊，我不算告發吧？」車禍鬼緊張了，他好怕被趕出這間店！

因為他還沒想起來自己是怎麼死的，連自己是誰都不知道，才到「百鬼夜行」來的啊！

「很明顯？我怎麼沒看出來？」剛剛樓上在發養樂多時，她就應該看見啊！

厲心棠即刻奔向三樓，先去找嬰兒亡靈探視，小孩在冰塊搖籃裡沉睡著，那白胖粉嫩的手腕間，果然有著怵目驚心的傷口。

有兩個血十字，孩子是被割斷腕動脈身亡的。

男人打開電腦，他桌上有兩個螢幕，其中一個畫面裡切成九宮格，每一格都是監視器畫面，他敲下鍵盤，放大了左上角的鏡頭，那是正對著門口的監視器。

在一間不起眼的精神病院外頭，出現了一台黑色的車子，裡面有兩個人，車子停在外頭已經超過十二個小時了。

「又來？」闕擎沉吟著，怎麼突然又恢復監視模式？

他原本以爲，程元成死後，他能有幾分喘息空間的。

程元成是特殊警察，隸屬於政府的某個單位，算是闕擎的死對頭，他記得從來到這個國家後，就一直有警察在跟蹤他、監視他，即使他後來被人收養、到養父一家滅門、再到他畢業、甚至是成年後的現在，無論他在哪裡，總是有人在盯著他。

從小到大，這些跟蹤者樂此不疲，他心情不好時就會動手解決幾個，沒有人喜歡這樣被跟著；當然因爲「同事們」的失蹤，這些警察心情都不大好，於是他與特殊警察們之間便形成惡性循環，對他敵意最重的，就屬於這些特殊警察的組長：程元成。

程元成是到最近才現身攤牌的，今年起特殊警察的動作頻頻，從暗處到明處，各種找麻煩、甚至要收走他這棟「平靜精神療養院」，他本想跟他背後的人好好談談，問問他們究竟要什麼？

誰知道，十幾年前有一場因他間接造成的校園自殺案，其中一名死者的父親便是程元成，這下就是公私都有仇了！前不久該校舉辦什麼慘案紀念日，程元成還挖出他當年被富商領養、爾後富商全家自戕的事，新仇舊恨算是一併爆發，因此程元成趁著雪女2號肆虐之際，便想殺了他！

其實那個距離、那個局面，他絕對難以自保，他甚至已經抱定了必死的心態，沒料到槍聲過後，倒下的卻是程元成。

程元成眉心的彈孔他至今忘不了——有人在他開槍前，先下手了！

爲什麼？目標是殺程元成？還是想救他？

闕擎望著監視器裡的車子，程元成死後沒有改變太多事，跟監他的人再度現身，世界上真的沒什麼人是不可替代的，堂堂一個組長死了，還會有千千萬萬的新組長頂上，活動持續，他依然被監視著。

打開抽屜，他從角落裡抽出一張皺巴巴的紙條，雪女2號事件後他曾受傷住院，在那應該單純的六人病房中，有人趁機在他的包裡塞進了那張字條：

「是時候償還你的罪孽了！」

是誰？闕擎想了無數次，甚至請熟識的章警官調查與他同病房的幾個病友、照顧他們的醫護人員，是誰把紙條放進去了？

他身邊有什麼事正在發生，他並不想牽連厲心棠，或是「百鬼夜行」的任何人，自己的事就該自己解決，一直依賴著他們也不對……更何況不管是半蛇人的拉彌亞、俊美無雙的吸血鬼、暴力粗獷的狼人，誰都不能插手他的事情。

唯一能幫他的是厲心棠，但那個什麼都不會的傢伙，他可不想讓她捲進是非。

他或許有特殊能力，但不保證有那個命賠——厲心棠可是惡魔利維坦的養女啊！

什麼撿到女嬰養大成人？什麼親切的長腿叔叔？那是惡魔啊！他可不敢想像萬一又讓厲心棠傷到一分一毫，利維坦會對他做出什麼事……天哪！還有她的養母，雅姐，所有雅字輩的惡魔他都想了一輪，猜不到是誰，但猜這些無濟於事，只有一點：遠離爲上！

「眞煩！」他站起身，抓過風衣，朝著房間角落的直達電梯走去。

他的房間位在精神病院的七樓，有著直達的專屬電梯，這整間醫院都是他的，感謝他有錢的養父，養父一家死亡後，身爲養子的他繼承了所有遺產，日子倒是過得愜意。

這棟精神療養院裡是形形色色的精神病患，但絕大多數都是極特別的精神分裂者——一個身體裡有多個靈體，而且除了人類的靈魂外，剩下的幾乎都關著惡魔。

「闕先生！」一樓的護理師見到他嚇了一跳，「您終於出來啦！」

「別說得我好像死了一樣！」闕擎沒好氣的唸著，「我出去走走，等一會就回來。」

闕先生已經整整一週沒下樓了，要不是還有固定叫外送，大家眞覺得他出事了。

「雪雖然停了，但外面還是很冷，小心保暖。」

「會的，謝謝！」他戴上帽子，回頭輕笑。

噢，他們的闕先生笑起來眞好看！

漂亮的五官，冷冽神祕的氣質，黑髮黑眸，全身散發著貴族氣息，近來的他開始多了笑容，在病院裡工作的他們都突然覺得有活力多了。

「闕先生！」

闕擎才剛出大門，步下建築物的那七階台階，身後就傳來急匆匆的聲音，回首一瞧，是護理長蘇珊。

「放心，我知道，他們又來了。」

半打開門的護理長微怔，老闆果然什麼都知道！「已經一週了。」

「我會解決的。」闕擎讓護理長放心，逕自朝著大門走去。

走下精神病棟後，大門就在右手邊上坡處，闕擎得走上一段數十公尺的上坡，才能來到一扇對開的雕花大門前，按下開關後走出精神病院，朝旁一瞟，就能看見監視他的車子了。

對開門緩緩關上，闕擎扭頭朝車子裡的人打招呼，他們正手忙腳亂的收拾東西，另一個趕緊回報目標出現！

闕擎大步的朝他們走去，眞希望他們剛剛有吃飽，因為那將是他們的最後一餐。

百鬼夜行
第二章
新面孔

夜店上午六點休息，厲心棠只睡了六小時，一過中午便起床，趕緊梳洗後就得出門。她到廚房去簡單熱個麵包，現在這空蕩蕩的家裡，只有她一個人，有夠無聊。

這是一間有如度假小屋的森林別墅，半開放空間，一共兩層樓，木製小屋空氣中都是怡人原木香氣，客廳與餐廳相連寬敞，挑高的大廳上面氣窗開啓，都能感受到外界的清新空氣……這不只是人類呼吸的空氣新鮮，更是一個完全無魍魎鬼魅的地方。

落地窗外是蓮花遍佈的池塘，遠處青山綠水，中間還有木橋貫穿，黃鶯枝頭啼叫，蝴蝶翩翩自他眼前飛過，靜謐山水，恍若世外桃源！

她是被收養的孩子，撿到她的是叔叔，他跟雅姐是對戀人，已經相戀幾百年了，她從小就住在這兒跟「百鬼夜行」的店裡，他們甚至不讓她去上學，全部採用自學，所以她從小到大完全沒有同學跟朋友。

「百鬼夜行」裡有各種妖魔鬼怪，所以她能學到各國語言還有各國歷史，甚至也瞭解每種妖怪魔物的特性，而人類死後化成的亡靈更懂，昨天的孩子們是純眞的靈魂、車禍鬼可能因爲衝擊過大忘記自己的身分而暫時在店裡打工，也有許多員工是執念未解，依舊想在人世間徘徊。

但她之前天眞的以爲鬼都是好的，直到她堅持離開家裡出去打工——遇到了難以解釋的惡鬼與厲鬼！一樣都是亡魂，但他們都有怨念，且相當血腥！惡鬼們一般不會到「百鬼夜行」來，因爲他們有想要殺的人、想要做的事。

現在這個家屬世外桃源，是叔叔爲她量身打造，任何鬼魅都無法進入，擁有特殊體質的闕擎很喜歡這裡，叔叔後來甚至留了個房間給他。

厲心棠捧著咖啡，從廚房往二樓看去，那是闕擎的房間，他已經好幾天沒回來了，雪女2號的事情才剛告一段落，他可能正在爲那些特殊警察的事煩惱吧！呼！她嘆了一口氣，最近的她壓力也很大，叔叔跟雅姐突然不再出現，她也聯繫不上，店裡的事務繁多，當她接手越來越多店裡的工作時，就更能體會到拉彌亞的辛苦。

但現在更令她煩惱的，是那十幾個幼兒亡靈，究竟從何而來？

她不想去思考可怕的事情，但是……一口氣來這麼多個孩子，又沒有新聞報導，那多半都是見不得光的案件。

她很想闕擎，每天會傳個訊息給他，雖然他都說自己沒在用智慧型手機，但每次傳訊息他都瞧得見，她自然也不信他的說法，但是嘛……等他願意給她正式的聯絡方式時，他自然會給的嘛！

現在的她，實在也分身乏術！

換好衣服、揹起包包，厲心棠打開自己的衣櫃直接就鑽了進去，輕易的穿過牆，來到了黑暗的方間，伸手開燈後關上身後的門，她一樣從另一個衣櫃走出來，衣櫃在三樓的小房間裡，拉開眼前的房門，她已經在「百鬼夜行」了！

「棠棠？這麼早？」一出房間，走廊上就站著拉彌亞。

「……拉彌亞？」厲心棠心臟頓時緊縮，緊張的嚥了口口水，「妳怎麼……妳在這裡……」

她站在孩子房間的門口！厲心棠慌亂的看向房門，那些孩子該不會已經被她吃了吧？

拉彌亞一下就讀出了她的訊息，「店裡不許開殺戒的，我是店經理，妳以為我會犯嗎？」

聞言，厲心棠只覺得被愧疚淹沒，「哎唷！拉彌亞，我不是那個意思！我也不是不相信妳，我就是——」

她走到拉彌亞面前，擦嬌般的望著拉彌亞，最後連自己都不相信自己說的藉口，嘆聲氣垂下雙肩。

「對不起！我真的以為妳吃掉他們了。」坦白從寬，但她很快的接著說，

「不過我本來就知道妳會吃孩子，只是不確定是生吃，還是連靈魂都吃。」

「一般生吃，靈魂的話……」拉彌亞聳了聳肩，「沒什麼滋味啊！」

哇，厲心棠突然覺得放心很多，幸好不對胃口吧！「我還是想保護這些孩子們，所以……」

「妳想要知道他們出了什麼事吧！反正叫妳不要管妳也不會聽，就去吧！」

拉彌亞讓開了一條路。

「謝了！拉彌亞妳最好了！」厲心棠突然摟上去，在她臉頰親了一下，「開店前我會回來！」

拉彌亞泛出幸福的笑容，「小心點。」

「好！」她比了個ＯＫ，風也似的衝到一樓，拉著腳踏車就出去了。

拉彌亞的手撫上臉頰，她還在回味著厲心棠的擁抱與親吻，她非常非常喜歡棠棠這種親暱的表現。

「多美好的孩子對吧？」

身後冷不防傳來聲音，她早感到空氣中的冷冽，回首看著雪姬，會心一笑，

「是啊，多麼好的孩子。」

「妳眞的很久沒吃孩子了嗎？從我到店裡以來，我都沒在妳身上聞到食人的

腥味。」雪姬倒是挺感動的，「是因爲棠棠嗎？」

拉彌亞毫不否認，大方的點了點頭。

從那個小小的、彷彿一摸就碎的女孩第一次對她笑的那瞬間開始，她就不再吃人類的孩子了。

「那些孩子還好吧？阿天一個人能應付？」

「動不動就在找媽媽，幸好年紀小的很多，搖著搖著就睡了，怎麼死的都不知道，每個孩子都迷迷糊糊的。」

拉彌亞輕輕的打開門，一屋子的孩子睡得橫七豎八，她目光落在他們的手腕內側，那鮮紅的十字傷口，怕就是死因之一。

「我眞不想讓棠棠爲他們奔波。」拉彌亞眼神轉爲冰冷，「她就不該去查。」

「要是勸得動，她還會是棠棠嗎？」雪姬倒是釋然。

「我就覺得老大他們慣壞她了，不該放任她去插手人類的事，就算勸不聽，也應該要好好守護她——」拉彌亞握在門把上的手攥緊，「讓她處於危險中，又不許我們插手……」

「老大他們才是棠棠的養父母，我們也不好插手吧！」雪姬倒是很泰然，「但人類的事我們確實不該插手的，我之前犯的錯，還不知道要多久才能還清……對了，沒跟妳正式道謝，之前我有點過分了。」

之前她死腦筋的爲了「承諾」之事，還跟拉彌亞起了衝突，現在大家還願意讓她回來，眞的讓她很愧疚。

拉彌亞將門輕輕帶上，看向雪姬，搖著頭笑了起來。

「這麼客氣，太假了！不如給我一份芒果雪花冰吧！」

「我就只有清冰，要雪花冰過分了喔！」

看著某位警察生疏但有禮的請她坐在熟悉的辦公桌邊，詢問她究竟是要報案還是需要什麼幫忙時，厲心棠只覺得難受。

她瞄向最前頭的辦公桌，整齊乾淨，與之前的滿滿堆疊文件的桌面截然不同，還有那熟悉的杯子、擺件，甚至是名牌都不一樣了。

「章警官呢？」她衝口直問，「還有其他警官，強哥呢？整個TEAM？」都不在了。

她一進警局就感受到氛圍的不同，熟悉的臉孔不再，桌上的陳設也不同，完全是一種新人新氣象。

「章警官……調職了。」開口的也是一個中年男子，看上去比章警官年輕許多，也更斯文，「他整組都調離A區了，敝姓蔡……」

「爲什麼調職？上星期我還看見他的！不，嚴格說是九天前，他還到醫院去看我們。」厲心棠打斷了蔡警官的話，「古明中學的事件並未結案，他帶著案子走嗎？調去哪裡了？」

蔡警官看著焦急的厲心棠，微微一笑，「我不太清楚章警官的調任，但是古明中學的案子由我接手，我接任前已經詳讀了所有文件，我也正在積極的做調查……」

厲心棠一雙眼凝視著他，帶著質疑與不信任，赤裸裸的望進他眼底，讓蔡警官欲言又止，感受到滿滿的敵意。

「沒有調任會倉促成這樣的，到底發生了什麼事？」她唰地站了起來，環顧四周，陌生的警察們立即高度警戒的看著她，好些人的手都已經放在槍套上。

這緊繃的氣氛，這些人是視她爲敵的。

「這又是什麼狀況？」

門口傳來了她心心念念的聲音，厲心棠立刻回頭，一雙眼睛晶亮的看著站在門外、也被擋著的高瘦男人。

「沒關係，讓他進來。」蔡警官比劃了個手勢，警察即刻放行。

「現在進警局要問點事情都這麼麻煩了嗎？」闕擎自在的走向了厲心棠，敲敲她面前的桌子，「我們在這張桌子不知道吃過多少點心跟宵夜了。」

「章警官整個團隊都調職了。」厲心棠不浪費時間，直接給訊息。

闕擎蹙眉，他來警局當然是找章警官的，他是個專辦「無解」案件的警察，對於各種光怪陸離的事都能接受，而且可以巧妙的用人們能接受的角度去結案。資歷深、經驗多、膽子大，非人案件可不是誰都能處理的，更不可能輕易被取代。

「古明中學的案子不是還沒結？」闕擎問了一樣的問題。

「闕先生，現在由我接手。」蔡警官接口接得順當，「其實章警官大部分都已經調查清楚了，就剩下結案報告，以及——」

「那程元成的死因是什麼？」闕擎開門見山，他今天來就是想知道這個。

蔡警官明顯一怔，但笑容沒離開過臉上，卻笑得厲心棠渾身不自在。

「古明中學的案子死傷許多，幾乎都是凍傷凍死的，程警官很遺憾的也在這場意外中不幸罹難！」蔡警官還伴隨著長嘆，「唉，他原本是去悼念在四四慘案中離世的孩子，誰知道會遇到空調失靈，加上氣候異變產生的極低溫……」

厲心棠蹙著眉聽他說完，瞧蔡警官那一副遺憾的樣子，說得好感傷喔！

「你說謊說得好自然喔！」她由衷讚嘆，蔡警官臉色一凜。

「你講的你信嗎？程元成死在體育館外，眉心有彈孔，我就在現場親眼看見的，別當我傻。」闕擎冷冷的看著蔡警官，「他沒來得及朝我開槍，所以槍響來自於其他人，我想知道是誰開的槍。」

重新抬首的蔡警官沒了笑容，雙眸帶著不耐煩，先是看著闕擎，接著又瞄向厲心棠。

「他的後事我們都會處理，不是每件事都有答案，程警官已經完成他的工作了。」蔡警官直接就著一旁的椅子坐下，也懶得裝了。

「凶手是誰不追究嗎？」厲心棠狐疑的瞇起眼，「還是不需追究？」

「家屬都已經接受了，他是因公殉職，這件事就到此爲止了。」蔡警官再度四兩撥千金，沒有要給答案。

厲心棠仰頭看向闕擎，這是他關心的事，但這個答案只怕他不會滿意。

不過闕擎卻沒有追問，反而低頭看著她，輕推了她一下，「妳來做什麼？應該不是關心程元成吧？」

「哪可能！我才懶得理他——對！」厲心棠趕緊回神，「我想問，最近有大量的幼童死亡案，被你們掩蓋的嗎？」

一旁的警官皺起眉，「什麼掩蓋？有時是偵查不公開！」

「咦！所以眞的有嗎？」厲心棠緊張的揪著手，「十七個孩子，都是襁褓中的嬰孩，最大不超過三歲！」

蔡警官聞言緊皺眉心，朝著一旁的下屬瞄去，他們個個表情嚴肅，果然有問題！厲心棠趕緊趁機跟闕擎說店裡跑來一堆小孩的亡靈，而且是一口氣一整票，讓她非常不安。

「妳爲什麼會知道……爲什麼妳總是知道？」蔡警官良久後卻問了這個，「闕擎就算了，妳不就是……一間夜店的員工？」

呃，對啦！但是她的夜店不是一般夜店啊！章警官沒交接這塊嗎？挺厲害的私藏訊息嘛！

「她當然是因爲我知道，所以跟著知道。」闕擎把藉口補上，「大量的幼童死亡，壓這種新聞下來不應該吧？孩子的父母呢？」

「沒有死亡……但最近有不少孩童失蹤案，只是失蹤。」蔡警官惡意的看向闕擎，「爲什麼說他們死了？難道是你下的手？」

說什麼鬼話啊！厲心棠不爽的想上前，卻被闕擎一把拉住。

「我只對找我麻煩的人出手，我不喜歡小孩，但他們對我沒有威脅。」闕擎非常的平靜，「是你負責那些失蹤孩子的案件嗎？」

蔡警官搖了搖頭，「案子發生在全國各地，只是似乎有點巧合，畢竟太多失蹤案了，那也不是屬於特殊部門的……」

「那你能把所有失蹤案都匯集起來嗎？」厲心棠再次打斷他。

蔡警官明顯的不太高興，「說了，不屬於特殊部門，家長報案屬於各地轄區……」

「那你沒什麼用嘛！」厲心棠失望的搖搖頭，推了推闕擎，「我們走吧！他跟章警官差十萬八千里。」

「厲心棠！」蔡警官突然直呼她的名字，嚴厲的警告，「妳不要以爲妳家那個夜店都能順利做生意！」

喔喔，都已經轉身的厲心棠緩緩回頭，不得不說，這是她聽過最好笑的威脅了。

「這聽起來眞令人害怕啊！」她忍不住笑了起來，「歡迎光臨喔——啊，那個，你叫什麼來著？」

他咬著牙回著：「蔡平昌。」

闞擎也泛起輕笑，這警官充其量只能用些安檢跟消防法對付「百鬼夜行」，但這招上一個找麻煩的程元成用過了，完全合法，很難找到弱點。

「程元成都試過了，你就別白費氣力了。」他幽幽的說，「我想你不是來接替章警官的，應該是來接替程元成的，目標是我！」

「不，我是來接替章警官的，兩位也同時在他的業務範圍內。」蔡平昌倒是沒有隱瞞，「與你們相關連的案子太多了，不明不白，上面也無法信任章警官的報告……」

厲心棠瞥了他一眼，催促著闞擎離開，她不喜歡這個警官，也不喜歡他所有下屬，他們跟章警官完全不一樣。

闞擎跟著她往外走去，背後的視線相當扎人，彷彿一整間警局的人都瞪著他瞧……合理，畢竟第一批跟監他的人已經失蹤了。

「對了，蔡警官是吧！」出門前，闞擎回眸看向蔡平昌，「好好看著程元成，他將是你的前車之鑑。」

蔡平昌猛地握拳，緊皺著眉目送著闞擎離開警局。

前腳剛走，其餘警察即刻湊前，「長官，剛剛為什麼不拿下他？」

「至少問他阿平他們去哪裡了？連人帶車都沒消息！」

「他不會講的。」蔡平昌已經研究過他的資料，「程元成的下屬失蹤了三十多位，找到屍體的也才六個，他根本不可能提。」

「那爲什麼不抓——」

「用什麼理由？來硬的我們都已經知道了，他剛剛說得一點都沒錯，程元成就是我們的前車之鑑！」蔡平昌低吼著，「誰都不能輕舉妄動，我們不能步上程元成的後塵，只要專心把任務完成就好。」

「可是阿平他們——」

「不能有私怨！」蔡平昌再次怒吼，倏地看向一旁的男子，「再派兩個去跟著他們，距離拉開，不要太近。」

平頭男子雙手緊握飽拳，不情願但還是服從了命令，「是！」

蔡平昌坐了下來，揉著眉心，盡可能平復心情。闕擎，其實這一切無關私人恩怨，要怪，就只能怪你自己了。

兩點多，兩人在外吃完中飯後一起回到「百鬼夜行」，在店外的闕擎感到非常不舒服，他先回頭看了馬路對面的街友，然後看向天空的詭異波動。

「百鬼夜行」的大門旁就是側門，厲心棠扛著腳踏車往裡去，吆喝著闕擎。

「發生什麼事了嗎？店附近不太對勁。」闕擎關上鐵門時，從鐵柵中看向對面的街友。

「就那群小朋友的亡魂啊！」前面的女孩自然的回著。

側門進入是一條長長的甬道，天花板上埋著無數骸骨，闕擎抬起頭，好幾顆頭顱往下看著他，紛紛說了個「噓」的動作。

「有時我眞羨慕妳！」他由衷的感嘆！不似他這麼容易見鬼、也沒他這麼敏感，甚至不會動不動就被鬼纏身。

架好腳踏車的女孩從杯架中抽起飲料，開心的回首，「什麼？」

「沒事！」他無奈的搖頭，每次瞧見她那開心的臉，他就不太想多說了。

如果她能一直都這麼開心多好。

下午時分的「百鬼夜行」相當安靜，吸血鬼們都在睡覺，狼人不一定會在店裡，亡魂服務生們都會休息或放空，很多鬼會飄出去尋找自己離不開、或不離開的原因。

他們朝三樓走去，都還沒走上呢，三樓樓梯上就坐著一個可愛的雙馬尾小蘿莉，可愛的臉龐圓滾滾的，看著他們直眨眼。

「哇……」一抬頭就對上那萌樣女孩，闕擎忍不住停下了腳步，「這也太可愛！」

「哥哥好。」稚嫩的童音更加迷人，女孩站了起來，朝闕擎張開雙臂。

「喂喂！」厲心棠趕緊一個箭步上前擋住，「別鬧喔！」

「眞有一套吧，連小孩子都能掌握！」闕擎誠懇的建議，「你有沒有考慮當直播主啊？各種類型都能勝任啊！」

咦？女孩眨了眨眼，很認眞的思考著，「可是，我堂堂天邪鬼……」

「都扮成蘿莉了，堂堂什麼啦！」闕擎兩步上前，附耳在旁，「賺自己的錢，可以光明正大的叫無限量養樂多……」

「不要教壞阿天！」

走廊上出現無奈的聲音，西裝筆挺的女人半嚴厲的說著，阿天努努嘴，一骨碌跳起，落地時直接穿過了地板。

於是闕擎就能直接瞧見那其實相當美麗的拉彌亞了。

「拉彌亞，午安。」

「怎麼這麼早回來？我以爲棠棠會弄到開店前呢。」拉彌亞換上了溫和的笑容，「一陣子不見了，還好嗎？」

「不好，我事情很多尚未解決……」闕擎回答得實在，聽見了孩子的玩鬧聲，「你們這邊……挺熱鬧的。」

孩子們玩鬧聲喧天，但那聲音並非純粹人類的聲響，拉彌亞直接爲他打開門，孩子們也都沒留意。

裡頭是冰雪世界，雪姬造了冰滑梯跟各種遊樂器材，讓孩子們玩得不亦樂乎，不過對正常人類來說，這也太冷了吧！

「咦？闕擎來啦！」雪姬立即停止了下雪，「要不要穿個羽絨衣？」

闕擎還在遲疑，左手邊羽絨衣已經遞過來了，拉彌亞給了他們一人一件，否則進去沒幾分鐘就會失溫掛點了。

「謝謝。」闕擎無奈的穿上，這外套其實不夠，還是得速戰速決。

「好冷喔！天哪！」厲心棠跟著進入，直打哆嗦，「你快點看看，能不能看出什麼？」

闕擎找到年紀最大的男孩，孩子正逕自在堆雪人，跟另一個差不多年歲的女孩玩著；闕擎湊過去幫忙，順道拉起了男孩的手，看著手腕間的十字切痕。

「痛不痛？」

男孩搖了搖頭，抽回了手，繼續堆雪。

「誰割你的？」他在問，男孩沒回答，倒是對面的女孩抬頭看了他們一眼。

「阿姨。」

「妳的阿姨？」

「嗯……」女孩歪著頭，「就是阿姨。」

「不認識的阿姨對吧？她拿刀子割妳……很痛吧？妳有沒有哭？妳被關著嗎？很黑很黑的地方？還是有吃好吃的東西？」

闕擎一股腦兒地說了一堆，女孩停下了手裡的動作，連她身邊的男孩都不再堆雪，雙手貼在雪上，動也不動。

「阿姨割手手時，妳有沒有說不要？」

女孩怔怔的抬頭看向闕擎，雙眼漸漸聚滿淚水，小小的身軀也開始顫抖。

「媽媽……」低沉的聲音突然來自於闕擎身邊的男孩，「我要回家……我想回家——媽媽救我！媽媽——」

眨眼間，那天眞可愛的臉龐變得蒼白發紫，痛苦而扭曲的撲向了闕擎！

但他更快的抓過身邊的厲心棠，把她擋在自個兒與小男孩中間——厲心棠能感受到亡靈的情緒，此時不用更待何時？

「喂——」厲心棠趕緊伸出手想抱住男孩，但瞬間就陷入黑暗！

恐懼包圍著他，他四周一片漆黑，他可以感受到手腳都被綁住，連眼睛都被矇了塊布，嘴巴甚至被封住了！

四周顫簸不已，他嚇得狂哭，然後空氣忽地流通，可是依舊什麼都瞧不見，就被壓在了地上或是桌上，緊接被綁著的四肢被鬆開，他嚇得揮動著手就要逃！

但巨大的力量輕而易舉的拉回了他，大人手掌壓著他的胸口難以呼吸，哭著喊著，可是嘴巴上的膠帶讓他張不開嘴……接著四肢再次重新被綁住，但不是束在一起，而是呈現大字型被綁在地上的！

媽媽！媽媽救我！哇啊啊啊……孩子的情緒就是在這極度的驚恐之下，然後手腕一陣疼痛，接著是——

雙耳傳來呢喃聲，接著是可怕的尖叫聲，有什麼東西從地板裡伸出來抓著他，他嚇得魂飛魄散，屎尿橫流，然後某個東西從他身上所有孔洞鑽進了他的身體裡！

好痛！好痛——媽媽！媽媽——

「啊——」厲心棠整個人像被奪去呼吸般的仰首看向天花板，僵硬得如同木雕，瞪大的雙眼瞬間滿佈紅色血絲。

闕擎一把推開了男孩，厲心棠即刻癱軟身子栽進他的臂彎中。

小孩被推出去，依然是青紫的臉龐，他痛苦得哇哇大哭，大聲哭喊著媽媽的情緒瞬間感染到其他的孩子，懂事的、不懂事的，紛紛跟著哭嚎起來，喊著媽媽！

雪姬緊急安撫孩子，阿天再度現身製造聲音讓孩子們分心，拉彌亞則是緊張的來到闕擎身邊，擔憂的看著厲心棠。

「她沒事的，一會就好。」闕擎從容的說著，這場面他看得多了。

「她剛剛都抽搐了，臉色多難看！」拉彌亞伸手就要抱走厲心棠。

怎知闕擎另一隻手緊緊環住她，嚴肅的朝著拉彌亞微幅搖首，「現在不適合動她，必須給她點時間跟空間。」

拉彌亞的手停在空中，心中湧現出不悅，看著厲心棠微微移動身子，整張臉往闕擎的懷裡窩去。

厲心棠終於虛弱的開口，「小孩都被綁住雙手雙腳，也被封嘴，他們根本不知道是誰綁了他們……最後應該是被放在法陣裡，身體呈大字型被固定後，拿刀在他們手腕割上十字。」

又痛又驚恐，孩子什麼都不懂，只能哭、只能喊、只能叫媽媽！而更小的嬰兒就別提了，他們只能用哭來表達痛。

「妳剛抽搐得很可怕，是孩子死前的掙扎嗎？」闕擎謹慎的問，那場面非常詭異。

厲心棠終於坐直了身子，狀似虛弱的搖了搖頭，她感傷的看著那個依舊嚇得哭泣的男孩，就覺得難以呼吸。

「有東西侵入身體，我搞不懂是什麼……但有人在下咒。」厲心棠眼神突然轉為銳利，握緊闕擎的雙拳，同時看向拉彌亞，「拉彌亞，我想知道施咒的地點在哪裡？」

咦？拉彌亞一愣，「我？」

「一定是那本書！我們一直沒找到的那本惡魔咒術書！我聽見有人在唸咒了——」她激動的指向孩子們，「這些孩子都是祭品！」

啊啊，闕擎恍然大悟，這樣就說得通了！

為什麼突然會一口氣出現這麼多孩子的亡靈，因為失蹤的他們都是被拐抱再拿去當祭品，太多孩子只是嬰兒，不會說話也不會走路，但那詛咒將他們的命運連在一起，漸漸聚攏，直到較大的孩子被「百鬼夜行」吸引過來。

厲心棠口中的惡魔咒術書，是一本讓闕擎難以理解的東西，據說是惡魔故意放在人界流傳的書本，裡面記載了各種咒法，以滿足人類的欲望，不管你想要什麼願望，照著那本書可能都能實現——只是以惡魔的方式實現。

之前他們遇過食人鬼，那是多位差勁的爛人死亡後拼湊起來的惡鬼，專門吃人，雖說他們吃的也不是好人，但背後其實是有人利用那本書以控制食人鬼，最後由那個人決定誰是好人誰是壞人時，路就走偏了。

再來是雪女2號，「百鬼夜行」裡有位正港的雪姬，不過後來卻出現了一樣有冰雪之力的雪女2號，厲心棠斷定對方拿到了那本惡魔咒術書，畢竟他們在食人鬼的地盤中沒有尋回那本書——遺憾的是，雪女2號最終凍死了許多人，那本書依舊無影無蹤。

現在，那本書又出現了嗎？雪姬事件僅僅過去兩週而已……闕擎看著眼前的孩子們，十七個啊！數量這麼多！

尚在思考，拉彌亞已經轉身走了出去，懷裡的厲心棠跳起來便追，幾個孩子爬過來試圖尋求闕擎安慰，他嚇得縮手站起……他這吸引鬼的特質，連孩子都能感受到嗎？

「幫一下啊！」雪姬分身之術。

「沒辦法！」闞擎跳過兩個嬰兒，嚇得奪門而出。

門關上也阻絕不了裡頭震耳欲聾的哭聲，不過外頭走廊上的爭執也挺激烈的。

「我不能幫妳，老大說了，我們店規是——」

「不能干預人類事務，我在這裡長大的我會背！我沒有讓妳干預啊，就是幫我占卜一個地方！」厲心棠拽著拉彌亞的西裝外套，「我想知道，那個惡魔法陣是在哪裡出現的？」

百鬼夜行
第三章
施咒者

拉彌亞嚴肅的望著厲心棠，搖了搖頭，恰好半旋身，所以輕易的看見逃出的闕擎。

「別看我，我勸不動她。」在拉彌亞開口前，闕擎先聲奪人。

事實上他也想知道啦！

「拉彌亞，那是惡魔的咒語，妳幫我找最近這種惡魔的咒語出現在哪個地方就好，這不算干預人類的事務啊！」厲心棠說得理所當然，「哪一句扯到人？也沒說要幫誰吧！」

「棠棠，妳這是鑽漏洞……」

「但就是有漏洞讓我鑽啊！」她開始搖起拉彌亞的手臂了，「拉彌亞，叔叔不會怎樣的，妳只是占卜惡魔法陣在哪裡而已！」

拉彌亞深吸了一口氣，棠棠說得也是有道理，的確沒有幫助任何人類，只是探究一下惡魔法陣的存在之地……但利維坦是什麼人，豈會不知道她們在玩什麼？

「我如果被老大責罰……」拉彌亞顯得非常爲難。

「妳只是自己占卜占著玩的。」厲心棠眨著一雙閃亮亮的雙眸。

那從小到大都沒變過的眼睛，每次這麼一看著她，她就沒辦法抵抗。

「我是不是慣壞妳了？」她自言自語的說著。

是。在厲心棠身後一公尺遠的闕擎倒是很乾脆的點頭，別說拉彌亞了，這整間店裡的妖魔鬼怪對她只有溺愛！

「拜託！妳知道我在追那本書……好嘛！拉彌亞對我最好了！」厲心棠越搖越大力！

「可是……」

「沒有可是！就占卜一下，以後妳讓我做什麼我都答應妳！」她人都巴上去了，緊緊抱住拉彌亞。

唉！拉彌亞皺著眉，臉上卻浮現寵溺的笑容，抬手壓著那抱著她的手，什麼都沒說，但厲心棠知道她盧成功了。

拉彌亞拉著厲心棠的手一起往樓下走去，那氛圍其實很美好，所以闕擎沒敢唐突上前，望著下樓的背影，一個削瘦修長身著西裝，一個T恤牛仔褲，還是給了他一種母女感。

拉彌亞對厲心棠是眞的好，他都能感受到眞愛，一個半人半蛇的妖怪，也能對人類付出如此眞心……每每想到此他都會莞爾，而身爲人類的他，倒是沒得到過所謂眞心的愛。

養父母如此，親生父母更是如此。

到了一樓大廳，這裡都是各種高腳小桌子，中間還有一區舞池，厲心棠便讓闕擎遠遠的待在小桌邊，拉彌亞一個人走向了舞池。

「你們等等都待著別動。」她回眸交待著，同時脫下西裝外套，裡頭是再正常不過的白襯衫；厲心棠抱著外套跑到闕擎身邊，食指擱唇上比了個噓，他們只要等待就好了。

「新的法器？」闕擎突然瞄向了厲心棠的頸口。

剛剛她倒在他懷裡時就露出來了，一條銀灰色的鍊子，圓墜圖案是生命之樹，看上去有點年代！

「啊？沒有啦！這普通項鍊，叔叔撿到我時就在我身上的。」她順手塞進衣領裡，「我昨天早上整理箱子時翻出來的，看起來有種復古感，搭衣服。」

「嗯，因爲都沒洗，氧化很復古。」他直接指出重點，銀飾要洗啊！

哼！厲心棠皺著鼻子哼了一聲，指指前方，不要吵拉彌亞占卜啦！

拉彌亞的頭髮非常非常的長，幾乎及地，但她總是束成一束長馬尾，那其實是蛇尾的僞裝，就在眨眼間她的頭髮突地變成蛇尾，唰地伸長到吧台那兒捲過一瓶紅酒，再以肉眼瞧不及的速度開瓶，接著拉彌亞原地轉著圈，蛇尾同時將酒灑在地上。

酒水灑濺了一地，拉彌亞以手接過酒瓶，她的尾巴卻在地上一陣掃動，越掃越快、越掃越快，快到幾乎都有殘影之際，戛然停止。

拉彌亞從容的朝著他們走來，那巨大的蛇尾已經變回了長髮，她的皮鞋在木板地上叩叩作響，闕擎尚在狐疑之際，只見她突然將手上酒瓶向後一拋——驚人的碎裂聲在一樓大廳裡迴盪，連厲心棠都忍不住掩起雙耳。

酒瓶碎片散落一地，拉彌亞旋身後朝著滿地瘡痍望去，還帶著點審視意味。

「距離不遠呢！」只見她端詳著那一地亂象，「在R區外圍的A市，河堤旁，我等等發定位給妳！」

「走！」厲心棠即刻拉了闕擎，就朝側門衝去，「我愛死妳了！拉彌亞！」

「小心點喔！」拉彌亞無奈的回應著。

但下一秒，拉彌亞眼神轉為凌厲的看向闕擎，他只能頷首；是是是，他會盡量保護厲心棠，她又不是他的責任，怎麼這屋子的妖魔鬼怪都要找他負責啦！

路過吧台邊時，他瞥見了一疊剛收進來的信，放在最上面的那信封讓他不得不多看了兩眼，順手抽走。

來到側門的甬道邊，厲心棠心急如焚的早就牽著腳踏車出去了，嘴巴還在碎唸著他們先騎到捷運站，坐捷運過去A市是最快的！

闕擎抬頭再看了上頭一堆人頭，他們同步避開眼神，他總覺得這幾顆人頭怪怪的。

牽著腳踏出出去，把門帶上時，他滿腦子還是剛剛拉彌亞那一通操作，就是「占卜」？

拉彌亞這麼神奇的神話人物，他原本以爲會有很神奇的占卜過程，至少發點光，或是有什麼憑空出現的東西……結果有點普通啊！

「哎唷，店裡禁止施法啦！」厲心棠一跨上腳踏車就笑了出來，「我知道你在想什麼！拉彌亞用的是傳統方法，但她占卜很準的！」

「喔……喔喔對了！」

「百鬼夜行」的店規就是在裡頭不能任意施法，否則那些魍魎鬼魅，不把到夜店狂歡的人類生吞活剝了嘛！

手機傳來訊息，拉彌亞已經把位置告訴他們了。

「惡魔法陣的位置……現在？」厲心棠看著手機倒抽一口氣，驚恐的望向闕擎。

那就表示在「現在」這刻可能有個孩子正面臨著生死關頭，被放在那法陣中獻祭！

「走啊！」厲心棠激動的猛踩腳踏車，直接往地鐵站衝。

闕擎只有嘆著氣，有時他會深切檢討，他是不是也是慣壞她的幫凶之一？

首都R區是整個國家的精華地帶，而「百鬼夜行」便是在首都中心；整個R區可以算是蛋黃區，往外擴便屬於蛋白區了，拉彌亞給的位置，算是在蛋白區，那兒也有河流！

河堤均爲交通要道，住宅較散，相對的也比較偏僻，還有許多廢屋。

厲心棠在這條河也有熟人，有個水鬼就在這條河裡，之前河裡也發生不少事情，正是因爲地處偏僻又鮮少有人，所以才難以發現。

搭乘地鐵到了最近的站，還是得再騎共享腳踏車過去，約莫兩公里遠，兩個人騎在堤防上，看見岔路左拐，還眞的越騎越偏。

遠遠的，他們瞧見一排山坡上的房子，那排房子外表相當陳舊，多有破損，有幾間看上去連門都沒有，根本是荒廢的屋子了。

「那裡對吧？」闕擎皺著眉看向那排屋子，「妳騎慢一點，那邊很不對勁。」

「那排屋子荒廢很久了，當初用木頭蓋的，結果濕氣太重，木板潮濕長霉後大家就搬走了！」厲心棠倒是很瞭解，「後來有些街友會拿塑膠板或鐵皮釘上，當個住所。」

只是後來連地板都腐爛後，就漸漸的沒有人去住那兒了。

厲心棠應該是看不見，但在闕擎眼裡，有間屋子的外圍相當晦暗，甚至有模模糊糊的人影在徘徊，陰氣相當的重。

他拉住了她的龍頭，不建議把車騎到那屋子前，他們或許能提早停下，直接走過去；厲心棠知道自己沒有那麼敏感，也看出闕擎的緊繃，所以聽話照做，雖然她連哪棟屋子有問題都不知道。

「啊啊——啊——」

驚恐的慘叫聲從前方的屋子裡傳出，厲心棠嚇得立即止步，闕擎連忙反手把她塞到身後，看著圍繞著屋外的亡靈瞬間被屋子吸了進去！

「哇哇哇……」下一秒，嬰兒啼哭聲竟傳了出來！

「小孩！」厲心棠緊張的拉住闕擎的手臂，「有人正在施咒！」

「所以我們是不是更不該現在進去？」他面無表情的攔住她，因爲厲心棠都要衝出去了。

「現在不進去，就搶不回惡魔咒術書了！」她氣得甩開他的手，直接往前衝。

「厲心棠！」闕擎可不敢讓她一馬當先，誰知道裡面有些什麼！

架高的木屋只有三階階梯，闕擎及時搶在厲心棠面前踩上，不知道是否太用力，一踩就裂，連忙讓她小心，而女孩長腳一跨就往上去，急著就是要往裡衝。

裡面緊接著傳出了聲響，畢竟他們鬧出的動靜這麼大，裡面的人絕對聽見了！

闕擎推開門的瞬間，看見了對方的背影，狼狽的直接往屋子後方奔，而他們眼前的客廳地板上，正燃著蠟燭、畫著法陣，還有中間的嬰孩以及……旁邊一個男人！

「我去追那個人！」闕擎就要急起直追，身後就一陣猛拉。

厲心棠反而圈住了他的身體，雙手緊緊抱住，嚴肅的看著地面。

「別踏進去，這個陣是有效的！」她謹慎的低語，「你得繞開！」

「好！」闕擎聽著裡頭物品翻倒聲，長腿朝旁跨去，小心翼翼的不踩入法陣的任何一吋，扶著牆繞開了圓形的陣法。

眼尾餘光瞄向圓心的小孩，孩子已經不再啼哭，鮮血從小手腕內兩個十字切痕流出，已經溢流一地。

闕擎看見對方抓著包包的身影，正從一間房間走出！

「站住！」他順手抓過身邊櫃子上的東西，狠狠的就往對方後腦杓扔去！

「啊！」

對方疼得直接跌倒，闕擎目標倒不是他，而是他右手的包，撲上前就立刻拽住那個包，而那人飛快的收手，忍著疼，連滾帶爬的從屋子的後門衝了出去。

而客廳的厲心棠，謹慎的看著地上的法陣，法陣裡躺著兩個人，她小心翼翼的吹熄蠟燭，一個接一個，每次移動，都非常留意絕對不踩進法陣裡。

呼……法陣周圍共有七個蠟燭，每吹熄一個，客廳的亮度就暗下許多，但現在是白天，按理說天色不該會這麼昏暗，屋子前方也沒遮蔽物，厲心棠忍不住發顫的手也告訴了她，這一切不太對勁！

但是不吹熄，就無法解除陣法。

她終於來到法陣裡另一個男人的身邊，一進屋，屋子裡就瀰漫著一股臭味，臭味源自於地板上的男人，從他髒黑的手腳跟衣服來看，應該是位街友，而他的頸子已被割開，法陣應該是以他的鮮血繪製而成。

來到「百鬼夜行」的只有幼兒的亡靈，並沒有大人的，所以她不知道那是什麼咒，需要到兩個祭品……趴在地上，厲心棠吹熄最後一個蠟燭。

呼。

說時遲那時快，地板上的男人猛然伸手，緊緊抓住了厲心棠的手腕。

「哇呀——」

咦？聽見尖叫的闕擎緊握住包包，但他僵著身子不敢移動，因爲就在尖叫聲前一秒，整間屋子陷入一片徹頭徹尾的黑暗，暗到不透一絲光，現在是下午三點，破爛的房子根本不可能不透光！

腳步聲從左方傳來，闕擎慢慢的收了右手，把搶下的包包往自己身邊挪了點，然後單膝曲起，總是要準備一個適合跑的姿勢。

這間屋子很邪，來之前他就知道了，一堆好兄弟在這裡徘徊，現在朝他走來的應該就是其中一位吧？

赤裸的腳出現在眼尾餘光中，那是一雙又髒又滿是傷的腳，大小與粗糙程度像是男人的，就站在他的左前方，一動不動。

「井水不犯河水。」他冷冷出聲，「我們不是針對你們來的。」

對方還是沒動，但身後也傳來腳步聲，形勢像是被包圍住了……絕對不是兩三個而已。

「放開！放開我啊！」厲心棠的尖叫聲突然由遠而近，「哇啊！」

她才剛用腳踹斷了握著她的那隻手，慌不擇路的想找闕擎，結果經過櫃子時，好好的櫃子裡突然衝出了另一個亡靈，嚇得她一揮手又把對方給推了回去！

天花板倏地降下一顆血淋淋的頭，倒立的對方伸直雙手，立刻捧住了她的頭，厲心棠張開手掌，幸好法器早就放在掌心裡準備著，她粗暴的將掌心印上亡靈的額頭，亡靈嚇得立即退避。

『嘎嘎嘎——』

慘叫聲傳來，闕擎利用這瞬間一骨碌跳起身，早備妥的手電筒往前照去，一朝猙獰的臉朝他張嘴咆哮，他直接拿著手電筒朝對方照去！

『啊啊！不不不——』亡者驚恐得以手擋光，嚇得消散，闕擎即刻轉動手電筒向後照，才發現身後居然有超過四個亡靈。

足音朝他這邊衝來，闕擎在把那四隻亡靈逼走後，即刻收起手電筒，伸手攔住了撲過來的傢伙。

「哇啊！」厲心棠撞上了他，手心即刻朝他熨上！

「貼我沒用。」他平靜的說著，動手把頸子上戴著的一條唸珠鍊隨手拋了出去！

『唔不——』帶著驚恐的悶叫聲從這間屋子的四面八方傳來，下一秒，屋子裡恢復了光亮。

欸……厲心棠喘著氣看向就在自己身邊的窗，終於有光了！她一雙手還捧著闕擎的臉，戒慎恐懼的環顧四周。

「沒事了！喂！」他沒好氣的看著貼在自己身上的傢伙，「妳手裡那個傷不了人！」

「啊？」厲心棠正首，她的確正捧著闕擎的臉，這才釋出笑容，「你這樣也挺可愛的！」

闕擎尷尬的主動打掉她的手，再順道把她往外推了點，貼得太近了，髮香跟柔軟的身體，都會讓他有點分心。

女孩被推得踉踉蹌蹌，一邊哎唷一邊觀察著這屋子，經過剛剛那麼一遭，她現在看這間屋子都不對勁了。

「闕擎！」她趕緊跟上他，躲在闕擎身後拉著衣服，「你看天花板那團黑影……」

「這間屋子本來就到處是鬼！」他來到剛丟出的唸珠鍊旁邊，彎身拾起，「我剛搶到包了，妳看看有沒有那本書！」

一邊說，他一邊把一直沒鬆手的包扔給了厲心棠，她喜出望外的即刻原地翻起那個尼龍包，而闕擎則甩著唸珠鍊，走到了那法陣外圍。

陣內的街友靈體是與地板黏在一起的，他正在痛苦掙扎，雙手護著自己的頸子抽搐，重覆著死前的痛苦；他繞到街友身邊打量，頸子被割了一個很深的傷口，頸動脈應該是被切斷了，這法陣限制住他了啊！

「沒有！」厲心棠焦急的把包包倒過來，「沒有那本書！」

包裡的東西散落一地，闕擎回身看去，沒有什麼邪氣重的東西，就是普通的筆、護唇膏、一瓶藥，還有一些零錢、幾張皺巴巴的鈔票跟雜物。

「連手機都沒有……帶在身上嗎？連證件都沒有？」

「沒有！只有這些東西！」厲心棠眉頭緊蹙，「那本書隨身不離嗎？這麼謹慎？」

「不能確定一定是那本書……」

「確定！」厲心棠斬釘截鐵的打斷他，「我知道惡魔書是什麼，那個法陣就是惡魔的！」

他眞不喜歡她這麼肯定的說法，因爲厲心棠的養父是惡魔利維坦，她所學的知識一般不會錯。

「那這一屋子的鬼，跟那個法陣有關嗎？」闕擎指了指整間屋子，「這麼多個，都被束縛在這裡，可如果店裡的孩子都跟這個法陣有關，孩子爲什麼能前往百鬼夜行？」

厲心棠忽地一怔，接著緊張的張望，屋子裡到處是黑影，那些亡者像是埋在牆裡似的，隨時都在移動，也隨時都會冒出來。

「因爲他們……才是祭品！」厲心棠一副恍然大悟的樣子，「我不能確定那個法陣是什麼，但是這些人如果是祭品，就會被綁在這裡！」

換言之，那死在陣法中間的孩子，並不是祭品！

「我聽起來更不妙了，嬰兒不是祭品，街友才是——那這是什麼法陣？孩子是拿來做什麼的？」闕擎開始頭疼了，「我剛剛應該抓住那女人的！」

厲心棠吃驚的望向他，「女人？那個施咒者是女人？」

闕擎肯定的點點頭，「黑色長髮卷，我沒看到她的臉，但身形絕對是女的！」

如果是女性，一般來說怎麼可能對孩子下手？厲心棠望著地上的嬰孩屍體，神情越來越難看。

她一那樣，闕擎就覺得沒好事！緩緩伸出手，在她皺起的眉間彈了一下。

「噯！」她吃疼得後退，撫著額，「幹嘛？」

「先別想那麼多，先報警吧，好不容易發現屍體了，總要解決！」闕擎催促著，「而且讓警方來鎮一下這些陰氣。」

厲心棠嘟起嘴，拉過自己的包包，「找誰？章警官又不在了！找那個蔡平昌喔？」

「嗯，找啊！」闕擎揚起一抹冷氣，「還可以看看他的本事！」

厲心棠會心一笑，明白了闕擎的用意，從包包裡要拿手機時，跟著掉出了闕擎剛剛塞進她包裡的信封。

「這什麼……闕擎收？你的信？」厲心棠認真端詳了信封上的字，「咦？這是寄到店裡給你的！怎麼會？」

闕擎一把抽過信封，他剛剛就是在櫃檯上偶然瞥見自己的名字才奇怪的！「我也好奇，爲什麼有人會把我的信寄到你們店裡？」

這世界上，有幾個人會知道在「百鬼夜行」找他？

因爲沒有感受到威脅，所比闕擎很乾脆的打開信封，頗有份量的信封裡有個文件夾，裡面有一疊文件，以及一張簡單的便箋。

闕擎打開信件閱讀，厲心棠在允許下抽出了那迴紋針固定的文件，不由得瞪圓了眼睛。

「闕擎……這是……」她隨手將其中一份文件轉過來，「是店裡的孩子！」

闕擎瞥向了紙張，上頭是孩子稚嫩的相片，還有個失蹤日期、姓名、背景資料，以及所有特徵——那是失蹤人口的文件！

厲心棠一張接一張翻閱，幾乎確定了手上這疊失蹤的孩子，全部都跟店裡的亡者吻合，更可怕的是……厲心棠緊張的數著文件的張數，惴惴不安的抬頭看向了闕擎。

「幾個？」

「這裡有二十四份……」她瞥向地上的屍體，「如果加上他，可能二十五……」

但店裡只有十七位。

「信是兩天前寄的，說不定有失蹤還沒報上來的！」闕擎無奈的嘆口氣，「數字只會多、不會少，那些沒到『百鬼夜行』的靈魂，可能只是找不到路而已。」

照現場的儀式看來，在割斷腕動脈後，根本沒有一個孩子會活下來。

他把便箋遞給厲心棠，她不用看也知道，寄信來的人是誰。

章警官。

第四章 遺落物

最近各區失蹤案頻發，不只是孩子、也有大人，都是社會邊緣人，還有更多無人報案的。我現在不在一線，別主動聯絡我。程警官的死不需深究，很快就會有人去找你，小心你在意的人。

Z

闕擎在腦海裡默默背了一次便箋上的文字，在警方抵達前他就把便箋燒了，厲心棠負責把文件藏好，因爲如果蔡平昌是接替程元成的人，那他們的權限便非常大，可以強硬搜身會搜包……而他總不能因爲一點小事，就讓他們自殘至死對吧？

望向十一點鐘方向，至少五公尺遠以上的厲心棠，她正在那兒做筆錄捺手印，這都是爲了排除他們在現場留下的跡證，也是迫不得已，只是他有種愧疚感，終究還是把她拖下水了。未來警局系統裡，就有她的資料了。

現場來了許多警察與鑑識人員，封鎖線已經圍上，因爲死者有一個可能才六個月大的嬰孩，現場氣氛變得相當低迷。

「地上畫的那個是什麼？」蔡平昌走了過來，直接就問。

「不知道，我還等你們告訴我。」闕擎回得直接，「那是用血液畫的嗎？」

蔡平昌點了點頭，「你們為什麼會跑到這個地方來發現這個命案？」

這說詞他跟厲心棠早就套好了，他們就是到這兒逛逛，他們平時就很常到這兒，結果卻聽見了慘叫聲。

「聽見男人的慘叫聲後，我們嚇得不敢再騎，所以才把腳踏車扔在比較遠的地方，小心走過來看。」闕擎頓了幾秒，「應該是那個街友。」

「那名死者的血的確流光了，畢竟頸部被切開，不過……你知道一般人如果聽見這種叫聲，是會立即逃離並且報警的嗎？」蔡平昌冷冷一笑，「你們卻堂而皇之的進入！不但破壞命案現場，還讓凶手逃了！」

「說得好像我們立刻報警，你們就能抓到凶手似的！」闕擎一臉輕蔑，「這麼厲害的話，要不要先找找失蹤的同仁？」

「你——」這句話準確點燃蔡平昌的怒火，他雙眼變得凶狠，掄起拳頭高舉，似乎就要一拳揍下。

一旁的同仁也露出殺氣，反而是其他非蔡平昌隊伍的轄區警察們一臉困惑。

「喂喂喂……怎麼了？」他隊的警察走了過來，「發生什麼事了？火藥味這麼重？」

闕擎聳了聳肩，「這位警官對我們擅自進入屋子有點意見，但我們是看見嬰兒才急著想進去的。」

蔡平昌雙眼帶著殺氣，但還是忍了下來，闕擎非常熟悉那樣的眼神，上一個負責監視他的程元成就是如此，畢竟身爲警察，他們是無法忍受同仁一個接一個的失蹤或死亡的。

調解的警察沒敢離開，他們總覺得這裡氛圍太詭異，所以刻意站到旁邊。

「指紋、鞋印都記錄了嗎？我來吧！」

「不必！我來處理就好。」蔡平昌即刻阻止，「闕先生都是由我負責的。」

蔡平昌乾脆引導闕擎到另一台車子旁，別的不說，鞋印是必定要記錄的。

「指紋那些都不必了，我想你都已經有我所有的資料了。」闕擎聽話的任鑑識人員採集鞋印，「凶手是個女人，我應該有揪到她的頭髮，現場採證時看不能查到她是誰，之前是否出入其他發生失蹤案的地方……」

「我不關心那些。」

蔡平昌直截了當的說出了他的眞心話。

闕擎默默的看著他，看著鑑識人員拿著他的鞋按壓，他還眞沒想到，蔡平昌一點都不遮掩。

鑑識人員感受到氣氛的怪異，他趕快把鞋印採集後，火速離開了現場。

「聽起來你應該只關心我吧！」闕擎倒也不遮掩，「別忘了上一個很關心我的程警官，下場不是很好啊！」

「程元成帶了太多私心，一開始就不該讓他負責你，畢竟他的孩子的死亡跟你有關。」蔡平昌開門見山的說，「至於我，你到底是什麼怪物我不太在意，我只要聽令行事就好。」

「我最近有空，要不要請你上司直接跟我聊聊？一直找人跟我，也是在消耗人是吧？」闕擎露出一抹得意的笑容，「再這樣跟下去，你得招新了。」

提到同仁，蔡平昌的神情就變得異常難看。

「你對我們的人怎麼了？程元成隊上的人至少失蹤了三十人、六個死亡，都是你搞的嗎？我們都是聽令行事，別爲難弟兄。」

剛剛還說程元成情緒化，他應該聽聽他現在的語氣，闕擎略帶得意的笑著。

「明知道我是怪物、又這麼在意弟兄的話，就不要再跟著我，畢竟沒人喜歡被跟監，是你們先惹我的！」闕擎穿好鞋站直身子，「不管是誰，儘快找我談，不必在背後做小動作。」

他連一步都沒跨出，蔡平昌就拉住了他，「你到底是什麼？」

闕擎差點沒笑出來，他那雙深黑瞳眸望向蔡平昌，都這麼多年了，他們也沒查出個所以然啊！

「跟了我這麼久，除了知道我身邊滿是滾動的屍體外，你們還會什麼？警察盯著這樣的我又是爲了什麼？」闕擎搖了搖頭，「好好顧及你的本業吧，身爲警察，該好好的注意這起案子，一個街友、一個嬰兒，擺在眼前的是兩條人命，沒查到的天曉得有多少條命！」

「那是普通警察負責的，我們看的是家國天下。」蔡平昌在他手上加重了力量，「你別囂張！人都有弱點的，你也有。」

他？闕擎皺眉，才想洗耳恭聽，結果蔡平昌卻大方的轉頭，遙望向正在做筆錄的女孩。

厲心棠？他的……弱點？

「哇喔！」闕擎一時不知道該說什麼，只能發出讚嘆音。

他是不是應該佩服蔡平昌的勇氣？現在警方是打算拿厲心棠來威脅他嗎？怎麼威脅？拿槍抵在她頭上？找「百鬼夜行」麻煩？不管哪個，他居然都不會擔心耶！

蔡平昌給他一個走著瞧的眼神，這才鬆開了手。

闕擎想問問現場的事，但其他警察或鑑識人員都緘口不語，畢竟偵查不公開；等到厲心棠也做完筆錄後，他們兩個便火速的被請離命案現場，但又不忘被交代隨時得配合調查。

「你們那邊好凶，殺氣騰騰的。」一上腳踏車，厲心棠立即就開口，「我看那個蔡平昌一副想把你生吞活剝似的。」

「他是挺想的。」闕擎也沒否認，「妳呢？有遇到什麼刁難嗎？」

「沒有，就是例行問話，不過問了我很多店裡的事，有種既視感。」她咕噥著，因爲他們之前才被警方找過麻煩，一會懷疑他們私藏通緝犯……就是闕擎，另一會又說他們消防法規不合格。

幸好有拉彌亞，一切都是兵來將擋、水來土掩啦！

闕擎原本想開口讓厲心棠留意，最近可能會有人找她麻煩，但話到嘴邊說不出來，先講了就怕這傢伙會衝動行事去挑釁，倒不如順其自然好了。

他們騎著腳踏車就往河邊去，遠方自然有人拿著望遠鏡在盯著他們，只可惜這邊也是厲心棠的地盤，闕擎什麼都不擔心，跟著她就是。

車子隨意停下，厲心棠逕自前往河邊，他們找了處離水最近的地方，厲心棠拿起石子，率性的打起了水漂，啪、啪、啪、啪！

石子在水面上打出陣陣漣漪，但是當這些漣漪散去時，水底下卻噗嚕嚕的冒出了水波，更大漣漪震盪，緊接著一顆頭冒了出來。

清秀男孩冒出水面，蒼白的臉龐再再顯示出他不是人，男孩極快的游到岸邊，接著從水裡拿出了那個信封——她剛把信交給水鬼？

「這都泡在水裡？」闕擎吃驚的看著那信封，「裡面不就……」

「我用氣泡裹住了。」男孩燦爛的笑著，「好久不見，闕擎哥哥。」

「好久不見！明翰！」闕擎禮貌的打招呼。

明翰是在這條河自殺的少年，死後變成水鬼，現在算這條河的地頭蛇了。

「又出事了嗎？最近很不安寧，你們少來這裡吧！」明翰說得一副很熟悉的模樣，看向了遠方的房子，「陰氣衝天的，我們連那排房子的就近的河岸都不敢靠近。」

「你看到些什麼嗎？」厲心棠焦急的問，地頭蛇一定最清楚吧！

「邪氣，那不是我們該碰的，還有許多死者被困在那屋子裡，他們慘死在那邊卻離不開，應該是魔。」明翰顯得有些害怕，「已經很多次了，而且會有被詛咒的血流進河裡，都是凶手洗凶刀時流下的，而那個血都在汙染我們的河。」

「你知道是誰嗎？」闕擎追問。

明翰用力搖了搖頭，「不知道、不想看，因爲那是惡魔，河裡大部分都只是淹死的普通水鬼，碰不得的。」

「對，別碰！最近離岸邊遠一點。」厲心棠也深表贊同，「眞的有危險時你要通知我，我會幫你的。」

「嗯。」明翰一臉憂心忡忡，潛入水裡後就消失了。

闕擎以身子擋在厲心棠身邊，讓她把信封塞進包包裡，兩個人再跟沒事人一樣牽腳踏車離開；遠遠的蔡平昌始終觀察著，只見那兩個人到河邊玩水漂，接著不知道在聊什麼。

「你今天回店裡住嗎？」在捷運上時，厲心棠有點期待的問著。

「不回，我最近的狀況不適合回去。」他話都沒說完，就看見失望的神情，「妳不是也忙，那些孩子就夠妳頭疼的了。」

「我想你在。」她睜著那雙眼睛看著他。

闕擎有點無奈，望進那雙楚楚可憐的眼睛裡……這傢伙還眞的雙眼含淚了，不得不承認，看見她那副模樣，他就是會心軟。

「我是不是錯覺？我覺得妳最近的表達越來越直接……」

「我喜歡你，你也喜歡我，爲什麼不能直接？」厲心棠果然理所當然。

闕擎倒抽一口氣，僵硬的看向她，「妳是不是會錯意什麼？我沒有說過我喜歡妳。」

「對啦對啦，你沒說過！我又不傻！」厲心棠勾起嘴角，「你別擔心叔叔他們，叔叔都讓你住到我們家了，應該代表贊成我們交往的。」

闕擎下意識再退了幾步，「交往？」跳得太快了！

「嗯。」厲心棠再度逼近，「你怎麼不能坦承一點呢？難道你一點都不喜歡我嗎？」

被那雙水汪汪的大眼睛看著，即使身為黑瞳，闕擎也覺得難以招架的別開視線……他的心跳好像又開始不太受控制了。

「現階段我沒辦法思考這個問題，妳知道我是什麼異類！」他閉上眼，「我有很多事要煩惱，我身邊都是麻煩跟屍體，很久以前我就知道我只適合一個人生活，而且……」

「你只是個都市傳說而已。」厲心棠大膽的捧住他的臉，直接轉了過來，「但我的養父是惡魔利維坦，我家開的店裡有吸血鬼、狼人、雪姬、長頸怪、天邪鬼，還有各種妖魔鬼怪。」

闕擎看著過近的她，蹙眉皺得更緊，「我不是都市傳說，我還是個人類，我只是擁有……那樣的能力。」

都市傳說裡，有位黑瞳少年，傳說中他有一雙只有黑色瞳仁的眼睛，時常在半路攔車，而載他的人一旦看見那雙眼睛，就會被帶往地獄。

闕擎的有點不一樣，他跟一般人沒兩樣，但必要時可以讓黑色瞳仁佈滿眼眶，而且他擅長的是：讓人們自己前往地獄。

「我無所謂，我喜歡的是你這個人，喜歡你的靈魂。」

「說得容易，妳不知道我過去……」殺了多少人。

厲心棠回得乾淨俐落，「就算你是連續殺人犯，我也喜歡你。」

「厲心棠！妳別無理取鬧！」

「誰無理取鬧了？我的家人們可是每天都在吃人的妖魔鬼怪耶！厲鬼出了店外要怎麼殺我們也不管的啊！」厲心棠回得理直氣壯，「我怎麼會在意你那微不足道的豐功偉績。」

闕擎不得不深吸了一口氣，「……正常人不會把那些當作豐功偉績，妳這三觀有問題。」

「用我們店的三觀來說，這再正常不過了！你讓小德不吸人血？阿天不吃靈魂？」她倒是一派輕鬆，「你不要老想著人類那些規條道德，我不是在那個環境長大的人。」

但妳是人類啊——這句話闕擎沒說，被鬼養大的孩子，她世界裡的眞理，就是妖鬼世界的準則。

更別說，她養父是惡魔啊！惡魔之道更禁不起推敲。

可是不知道該怎麼形容，闕擎心底是相當感動的。

有這份能力不是他所選的，出生以來遭遇的痛苦也不是常人能理解，他手上沾的鮮血洗也洗不盡，但是厲心棠卻從未將他視爲怪物，不在意他黑瞳能力，甚至不在乎他一路上殺了多少人。

他們或許眞的很合適。

「我回醫院。」他們方向相反，闕擎提出告別。

「只要你有需要，隨時跟我開口。」分別前，厲心棠用充滿粉紅泡泡的眼睛看著他。

「嗯。」他點了點頭，「謝謝。」

「我喜歡你。」她總是不厭其煩。

「說過了。」

她笑著，突然回身，踮起腳尖就吻上了他的臉頰。

闕擎措手不及，石化般愣在原地。

「就喜歡你。」好話可以說很多次。

厲心棠羞紅著臉，跳上腳踏車疾騎而去，眼看著就快六點了，「百鬼夜行」即將開店，她得快點趕回去~嘿嘿，她開心得哼起歌來了。

闕擎目送著她的背影，發現自己嘴角掩不住笑，耳根子有點熱……他也喜歡她，所以——

他從口袋裡摸出了一條鍊子。

他在抓住那女人的頭髮時，一併揪到了項鍊。

闕擎低眉張開手心，那是一條圓墜項鍊，上面是生命之樹的圖案。

與厲心棠最近挖出來那條一模一樣。

兩根指頭放大再放大，厲心棠專心的看著手機裡的照片，她覺得自己在哪兒看過這個東西，但就是想不起來。

「今天好閒。」

頭破血流的車禍鬼遞來一捲雞肉捲，厲心棠抬頭說了聲謝，趕緊從他那斷骨穿出的手中接過！今晚的客人的確不多，尤其過午夜後，人數驟減，難得清閒。

「你還沒想起你是誰啊？」厲心棠撕開包裝紙，大口咬下。

這位車禍鬼已經到「百鬼夜行」好幾個月了，但死亡瞬間衝擊太大，所以他記不得自己是誰，其實連怎麼死的他都沒印象，之所以確定他是車禍鬼，是因爲他那顯而易見的死狀。

「好像也沒很重要，在這裡也不錯。」車禍鬼木然的說著，沒有過去的亡魂，連歸屬之地都沒有。

淡淡的香氣傳來，人都還沒走進來，厲心棠就揚起了微笑，金髮的外國男人優雅的端著粉紫色的飲料進入，她開心的接過。

「吃慢點，客人不多不必趕。」德古拉說話的嗓音永遠那麼好聽。

「你忙得很啊，我看你吧台滿滿的都是人。」

全是傾心於德古拉的女人們，她們與德古拉說笑、調情，人人都知道「百鬼夜行」的 Bartender 是難見的美男子，她們或希望一夜繾綣、或希望成爲情人——但很遺憾的是，她們最後終將成爲吸血鬼的食物。

「所以來喘息一下。」德古拉朝車禍鬼瞥了眼，亡魂識相的走了出去，繼續招呼客人。

厲心棠順手把手機遞前，讓德古拉瞧瞧上面的照片，「我總覺得這很面熟，你看過嗎？」

德古拉掃了眼，動手把照片縮小到原本的大小，才發現那是個胸章。

「找這個做什麼？妳什麼時候喜歡胸章了？」

「不是啦！我不是在找那些孩子的死因嘛，我找到了……差一點點抓到下咒者，這是她包裡的東西。」

在警方來之前，厲心棠把每樣東西都拍下來了。

「妳找到了？還差點遇到凶手？」德古拉倒是驚訝，壓低了音量，「拉彌亞知道了嗎？等等她知道又要緊張了。」

厲心棠只能乾笑，「她知道啦！因爲是她占卜到惡魔法陣的位置的！」

德古拉又是一陣錯愕，拉彌亞幫厲心棠占卜？他本想講些什麼，但旋即聽懂厲心棠剛剛所說的，拉彌亞只是占卜惡魔法陣，並非直接幫她——這樣應該不算觸犯店規。

「所以那些孩子是祭品？又是那本書在作怪嗎？還眞難纏！」德古拉把手機還她，「這種胸章外面一堆，僅一個圖案跟縮寫，妳試著以圖找圖了嗎？」

「找過了，沒有！哎！」她突地打直手臂，朝著德古拉張開手掌，「停！不要跟我說什麼不要犯險這種話，都死一堆小孩了，重點是那本書一定得快點找回來！」

「我又不是拉彌亞，我才不會阻止妳做事呢！」德古拉失笑出聲，「全店就妳一個人類，妳愛做什麼就去，又犯不了店規。」

他正在說著，後面卻傳來一股冷冽殺意，德古拉倒沒收起笑容，只是眼尾朝後瞟了瞟，再看向厲心棠。

「對，她在你後面。」她忍著笑，拉彌亞願意的話，走路是不會有聲音的。蛇尾移動時音量很低的嘛。

德古拉回身，朝著拉彌亞戲謔的笑笑，他向來覺得拉彌亞對棠棠保護過度了。

「我覺得對方不具威脅性，才讓她去的，只是個施咒的人類……」拉彌亞邊說邊看向厲心棠，「其實我是沒想到你們趕到時，對方居然還在！」

「在也沒用啊，沒抓到！搶到了包也沒搶到那本書！」厲心棠再把手機遞上前，每個人都問問，看有沒有人對這個有印象。

拉彌亞瞥了眼，搖了搖頭，「這種胸章多半都是學校或社團的吧！看起來跟動漫或藝人無關，上面還有縮寫……」

厲心棠凝視著拉彌亞，喃喃出聲，「學校……對啊！這可能是校徽什麼的！」

「但妳以圖找圖不是沒有？」

「年代可能很久啊，或是已經不在了，例如在網路發達前就消失的學校！」

厲心棠接過手機，也望著那縮寫想像，「Tr……一般學校會怎麼取？」

她突然一頓，然後掐緊了手中的手機。

「該不會是太陽吧？太陽幼稚園？」她突地迸出這兩個字，「對，我等等用這個試試看！」

「棠棠！」拉彌亞拉住了她，「這案子不是有警察在調查了，妳不要去干預，尤其——現在盯著闕擎的那些警察，妳少接觸爲妙，他們比程元成更令人不快。」

「等警察太慢了，不知道還要死多少人，對方是在施咒耶——對了！」她趕緊滑到下一張照片，「你們認識惡魔的法陣嗎？」

她才想拿給德古拉看，美男子已經走了出去，他們吸血鬼一族，是獨立族群，與那什麼天使惡魔不相關，也不想相關！厲心棠即刻再往右轉，撒嬌的把照片Show給拉彌亞瞧。

照片是一個不正的圓形法陣，四點鐘方向蜷縮著一個人，圓心則躺著一個臉色發白、被綁成大字型的嬰兒。

「我不可能懂這個的。」拉彌亞幽幽的說著，她曾是海神之女，利比亞的皇后，再怎樣都不可能去接觸與惡魔相關的一切。

「但妳是百鬼夜行無所不能的經理！」厲心棠又開始灌迷湯了，「妳跟叔叔這麼好，又能掌握每晚來的非人類客人，妳一定知道！」

拉彌亞無奈的嘆息，「我現在當然知道，至少都有接觸，可是這是惡魔的法陣啊，我不可能去學，因爲我不需要——啊，惡魔學的話……」

「唐姐姐嗎？」厲心棠也立即想到了，「叔叔說過，他有教他們惡魔文字！」

「倒是可以問問他們……不過，我相信老大不會教他們那種法陣！」拉彌亞對這點倒是很肯定的。

雖然老大是惡魔，但選擇在人界開店、撫養人類孩子，就表示他不是嗜殺的惡魔了。

厲心棠敷衍的點著頭，根本有聽沒有進去，她看著手機裡的照片，在廢屋裡被那些被困住的街友們拖住抓住時，她能共情到他們的痛苦與恐懼，他們才是祭品。

那麼正中央的嬰兒又代表什麼？她不由自主的抬頭往二樓看去，死了這麼多孩子，那個女人到底是爲了什麼？

心滿意足的放下筷子，闕擎端起茶水一飲而盡，看著眼前盤盤皆空的佳餚，他很久沒有這樣飽足一餐了。

「不必謝。」眼前的男子忍不住笑，「你好像餓很久耶！」

闕擎笑得無奈，「也不是餓很久……就是都隨便吃，因爲一點都不想外出，嗯……」

「因爲有人跟對吧？」男子身邊的女人拿起餐後水果的西瓜咬著，「所以特地幫你安排了這個密閉包廂！省得被人打擾。」

闕擎看向這十人包廂，也就他們三個人吃飯，但是沒有窗子便隔絕了所有可能的監視，他的確才有這難得放鬆的時機。

「你其實可以去百鬼夜行啊？還是不想拖累他們？」女人好奇的問，得到闕擎肯定的頷首。

「這不是你想不想的問題吧！你跟厲心棠的關係，隨便查都查得到，警察鐵定會找他們麻煩的！」男子一針見血的舉例，「雪女2號事件時，不是就找過了！」

「就是因爲之前有過了，我不希望再來一次，夜店我是不怕，裡面全是牛鬼蛇神……但不想拖厲心棠下水。」他沒好氣的搖著頭，「畢竟她是唯一的人類，人對付人啊，手段可比妖魔鬼怪厲害多了。」

對面的俊男美女是極具個人特色的那種，男的看上去像菁英份子又斯文儒雅，女人是清秀與颯爽並存，兩人相視一笑後，女人從包裡拿出了一個B5大小的信封。

闕擎看著那只信封，倒是不意外。

「無事不登三寶殿，一大早到我醫院來我就知道沒好事，還請吃飯……」闕擎望著那信封，倒是感受不到什麼。

「別以小人之心度君子之腹喔，我們可是免費幫忙的！」男人嘖嘖的搖著手指頭，「不過如果你院裡的精神患者有說出什麼特別的事，記得跟我們交換一下情報就好。」

他醫院的患者？闕擎挑了眉，他擁有一間精神病院，裡面專門收容特殊的精神病患者，有重刑犯、精神分裂、多重人格及反社會人格等等，但是大多數的人——體內都有其他靈體在。

絕大多數是惡魔，他們的行爲是因爲惡魔操控，自言自語其實是在跟惡魔說話，但現在惡魔們全數被封印在人類的身體裡，而這些人類被他控管在精神病院裡。

惡魔們不甘寂寞，他們只能等待人類肉身死亡，沒事就會在病房裡吱呀亂叫，但偶爾他們的確能感應到外面即將來臨的風暴。

闕擎接過信封，其實惡魔的事若不是情非得已，他也不想碰，眼前這兩位唐家姐弟算是職業驅魔，而且對惡魔有一定的瞭解，認識他們後眞的輕鬆很多。

信封很薄，但有些重量，闕擎狐疑的打開卻沒瞧見裡面有東西，將信封倒過來，底部的金屬物便滾到了他的掌心。

一枚子彈，闕擎詫異的看向他們。

「這子彈配的槍隻，射程一點二公里。」唐大姐神祕一笑，「能從古明中學隔壁的公寓，一槍打到禮堂，輕而易舉。」

闕擎當下倒抽一口氣，這是殺死程元成的子彈？

「不用謝乘以二，這是我們一個駭客朋友找到的，她拿這個當下飯趣事，但我們聽見後認爲你應該會感興趣。」唐小弟擺擺手，大方的咧。

「我知道他是被槍殺的，但，是誰？」闕擎瞇起眼，「你們連開槍位置跟子彈都知道，別告訴我不知道是誰！」

「還眞不知道是誰，但是所屬單位倒是可以告訴你。」唐大姐挑了眉，「那位程警官至死大概都很難相信，會死在自己人手上吧！」

闕擎表情沒太大波瀾，他本來就有此懷疑，只是得到證實而已。

「除了他之外，還有另外一組在監視我嗎？」闕擎把玩著子彈，「但他們有很多方式可以阻止程元成，直接下令就好了，爲什麼會……」

「闕先生，狙擊槍都架著了，我也不知道瞄準的是誰。」唐小弟意在言外，「瞧你多搶手！搶手到他們不惜槍殺自己人，也要阻止他殺你。」

闕擎眼神沉了下去，「很搶手」這句話，竟是那麼的熟悉。

「要我說，你可比『百鬼夜行』複雜多了！」唐恩羽倒是說到重點，「對了，有沒有惡魔咒術書的下落？」

「沒有，對方可能隨身攜帶。」闕擎把子彈收進了口袋裡，「你們有辦法回收那本書嗎？我現在對那本書有點感冒，眞的是一波接一波。」

「我也想啊！但是每個擁有者都死命的保護它。」唐恩羽眼裡閃過了不悅。

人類的貪念，總是一而再再而三的護著那本書。

叩叩，叩門聲起，闕擎下意識的把信封往桌下藏，當厲心棠的頭探進來時，他立刻鬆了一口氣。

「嚇我！」

「哇，你們居然約吃飯喔！」厲心棠一進門，二話不說就把一張紙擱在桌上，「幫我看這什麼！」

她自然的挨到闕擎身邊坐下，直接倒了杯水先灌。

「吃了嗎？」

「吃了！他們還交代我吃飽再出來的！哼！」她嘟起了嘴，「原來是你們要先偷偷約會！」

唐家姐弟湊在一起看著那張紙，上頭是命案現場的照片，他們皺著眉把那張紙翻來覆去的，最終搖搖頭。

「這就是這次施咒的法陣？」

「對，我想知道這是什麼咒？爲什麼要針對小孩？」

「我們不可能知道的，沒學這個……妳叔叔沒讓我們學。」唐玄霖說得理所當然，「眾所周知，向惡魔索要願望是要付出對等代價的，我們怎麼可能學這些！更何況……那本書是刻意要蠱惑人類的吧！」

「呿！我還以爲能知道咧！我現在連眞正的目的都搞不懂，而且對方每次施法都是全死的狀態。」

「有沒有可能是……失誤？」唐恩羽提了一個論點，「她的咒語沒有成功，或缺乏了什麼因素，總之很多原因，才讓她一再嘗試。」

厲心棠聽了直皺眉，「看來得快點找到那個女人是誰，事不宜遲，走吧！」

她拉著闕擎就要站起，闕擎完全錯愕。

「去哪？」他踉蹌的站起來。

「我不是拍了那女人包裡的東西嗎，那個胸章大有來頭！」厲心棠得意的揚起笑容，拖著他就往外走，「你們請客喔！保持聯絡！」

她焦急的帶著闕擎離開，身後還傳來包廂裡的呼喊：「那本書拿到直接打給我們喔！」

才不要。

如果她眞的找到那本書，她要燒掉，任何人類都不該擁有那種東西。

闕擎今天是開車出來的，厲心棠妥妥的繫好安全帶後，就開始設定目的地。

「我們究竟要去哪裡？」

「太陽幼稚園。」

第五章 失蹤者

「那個幼稚園，在二十五年前曾發生意外，死了幾十個孩子——那個胸章，是那一年校慶的紀念物。」

按下輸入，導航開始。

二十五年前，有個瘋狂的家長突然把孩子鎖在體育館裡，她先冷不防地殺了兩名老師，接著就與警方對峙，對峙的過程盡顯瘋狂，她不停的說那些是她的孩子，是老師們阻止她與孩子在一起。

警方一開始怕孩子有性命危險，所以不敢貿然攻堅，但是當體育館竄出黑煙時，就已經來不及了！那位家長用許多東西堵住了所有門窗，窗戶略高且小，瘦小的警察才能爬過去，火勢太快也太凶猛，警方來不及進去，只能聽著孩子的慘叫聲此起彼落，而消防隊員也只能火速拉起水線。

破門而入時爲時已晚，大火已經吞噬了所有一切。

四十八名孩童、兩名老師與瘋狂的家長全部罹難，無一人存活；而經過鑑定後也證實了，即使警方能在第一時間破門救人，只怕也救不出幾個孩子，因爲那名家長在所有孩子身上都潑了汽油。

每個孩子都是火源，她只要點燃打火機，火勢便會一發不可收拾，每個孩子都無法倖免。

『啊啊啊啊啊——』

厲心棠打了個寒顫，她彷彿已經能聽見淒厲的慘叫聲，眼前是已拆除的廢墟，雜草叢生，但殘餘的鐵皮與支架還在，依稀能看出體育館當初的大小。

幼稚園的體育館能多大，大概二十坪見方而已。

隔壁的教室已經破敗，但牆上的焦黑依舊存在，廣場上被歲月與雨水腐蝕的遊樂器材始終矗立著，那整片幼稚園範圍已成悲涼的廢墟。

「我不是很舒服……」她朝闕擎靠近了幾步，「比小狼以前那個孤兒院還可怕！」

「妳都不舒服了……就知道這裡有多陰了。」闕擎嚴肅的環顧四周，難怪二十幾年過去始終沒有重健，有時人們還是很冰雪的。

怨氣沖天，尤其是體育館的廢墟，在他眼裡，是沖天的黑氣，還有許多影子隱隱約約的在裡頭，甚至有小小的孩子在裡面奔跑。

沒有全部離開嗎？都二十幾年了啊！

「妳有查到那個家長爲什麼會這麼瘋狂嗎？」闕擎拉著她往後幾步，因爲他覺得這裡的亡魂注意到他們了。

「有位媽媽的孩子失蹤了，但大家都認爲是她害死自己的孩子，警方也懷疑她，畢竟她的說詞太過瘋狂，最後也眞的瘋癲，一直說是學校藏了她的孩子。」

厲心棠突然勾住了他的手，「裡面有一張臉！」

昏暗的雜草後方，遇有一張死白的小臉正望著他們。

「一張？」闕擎簡直無力，「妳客氣了。」

「咦？」厲心棠都傻了，不、不、不然是有幾個啦!?

小小的孩子從遠處緩緩走出來，他們的活動範圍都還在舊體育館的區塊內，闕擎看著天眞的孩子看起來挺正常的，就是臉上帶著點灰。

『可以吃點心了嗎？』男孩跑到一半停下，直接的看著闕擎。

他們知道他看得見。

『我想吃糖果！』另一個女孩也走了過來，手上拎著一個像洋娃娃的東西，一路拖過來的！

『什麼時候可以回家？阿公來了嗎？』另一邊也跑出蹦蹦跳跳的男孩。

但是他們都是前進到某個地方就停了，體育館的門。

突然間後面有什麼東西出現，孩子們驚恐的回首，接著鳥獸散般的到處躲藏，而身影未現，卻傳來了輕柔的呼喚聲。

『小寶……小寶，你躲到哪裡去了？出來啊！』

厲心棠瞪大了雙眼，看著一雙腳若隱若現的憑空出現，接著是膝蓋、大腿，然後那半透明的人越來越清晰，直到化成一個……披頭散髮，但臉上帶著溫柔笑臉的女人。

『媽媽在這裡……你快點出來好嗎？』女人悲傷的皺著眉，張開雙手像在搜尋著，『不要再躲了，媽媽眞的很想你啊！』

「她也還在？」厲心棠緊緊揪著闕擎，「那個媽媽……」

「妳也看到了，表示她很執著。」闕擎搖了搖頭，「燒死這麼多人，至今還在找孩子！」

更可憐的是，這些沒走的孩子亡靈，在這裡恐懼的躲藏，等待家屬來接他們離開，也等了二十五年！

「我也覺得她的孩子不是她殺的。」厲心棠心跳得很快，「我想……進去看看。」

闕擎詫異的低首看向她，厲心棠回以肯定的目光，可以感受到亡魂情緒的她，有些事想確定一下。

「雖然現在沒有殺傷力，但這整片土地都是怨氣，可能是小孩子找不到回家的路，也可能是媽媽找不到小孩……」闕擎提醒著。

厲心棠只是默默舉起雙手，抬高下巴，秀出她今天戴出來的法器跟佛珠；闕擎勾出了她頸間的佛珠，這傢伙連廟都去了。

「妳是掛了多少宗教啊？」

「都求，以防萬一！」她呵呵笑著。

然而，闕擎卻勾出了她身上那條生命樹項鍊。

不急，他這麼告訴著自己，一切都要按兵不動，一樣的項鍊不能代表什麼，就算眞的有什麼，也得等他查出來再說。

他緊緊握住她的手，兩人一起往前踏入體育館裡。

「別冒險，他們被困在這裡，有事我們就是往外衝就好。」闕擎交代著。

「放心，我又不會淨化，我只是想確定一下……那個媽媽當初對警方的說詞。」厲心棠雙眼直視前方，非常的嚴肅。

闕擎聽不懂，過去的案子是她查到的，他也沒多問，總之，先護著她就是；右手早就悄悄握了袖劍，這是跟唐家姐弟買的，方便又殺傷力強。

他們踏了進去——氣場與氛圍剎時不同，荒地依舊是荒地、各式雜草與垃圾還是在那兒，但是就是有什麼不一樣了！

而且……空氣中瀰漫著焦味。

『不可以！』剛剛那個拖著洋娃娃的女孩衝了出來，『不要進來！不可以——』

她哭著衝上前，闕擎這才看清楚，她手上拖著哪是什麼娃娃，那是一隻小小的、不知道哪個同學焦黑的手臂！

厲心棠不想跟她接觸，嚇得朝旁邊閃躲，闕擎趕緊打直手臂制止，「不要動了！」

女孩的亡魂眞的停下了腳步，但是卻面露驚恐的頻頻回頭，她是眞的在害怕什麼，右手依然緊緊握著拖著的那隻焦黑的斷臂，哭得滿臉是淚。

『很痛啊……走開！』她啜泣著，開始揉起眼睛。

旁邊突然鑽出了另一個男孩，他戒愼恐懼的打量著闕擎與厲心棠，狐疑的歪著頭。

『可以回家了嗎？』

「當年一定進行過招魂，爲什麼沒走？」闕擎才覺得奇怪，放眼望去，這片廢墟裡至少六到七個孩子的亡魂。

小孩子其實聽不懂，他們只是一個一個憑空冒出來，好奇的看著闖入的人類。

『小寶，你在哪裡？』

昏暗處陡然傳出了輕柔的呼喚聲，這一聲卻讓所以孩子嚇得四處逃散，但這間體育館能有多大？再大，他們也沒地方躲啊。

「天哪……」厲心棠開始發顫，她緊緊勾著闕擎的手，看來亡者的情緒已經開始感染她了，「那個女人她是……她在哭。」

深切的悲傷，讓厲心棠不自覺流下了淚水，蹣跚走來的女人披散著一頭亂髮，憔悴的喚著孩子的名字，兩眼無神的尋找孩子們，但其實看起來根本無心。

『找到妳了！妳怎麼亂跑？』女人突然停下，朝著剛剛那女孩走去。

『哇啊——不是！妳不是我媽媽！』小女孩發出極爲恐懼的哭喊聲，嚇得想往深處跑去。

但女人長手一撈，輕易的抱起小女孩，厲心棠瞬間感受到龐大的恐懼，來自許多人……不只是那個被抱起的小女孩，還有旁邊那些瑟瑟顫抖的小孩鬼魂！他們非常非常的害怕，不僅僅是怕這個女人而已。

『小寶，妳怎麼可以亂跑呢？』女人舉起女孩，『妳讓媽媽找得好辛苦……喔……』

就在那瞬間，女人慈愛的表情消失，取而代之的是狐疑、忿怒，還有不滿，這不需要感染情緒，闕擎用眼睛看都能看出女鬼的表情變得猙獰。

『妳是什麼東西！妳不是我的小寶——』她整張臉瞬間成了焦炭，咆哮嘶吼的搖著小女孩，『把我的孩子還給我！』

伴隨著怒吼，女人徒手把抱著的小女孩撕了開！

『哇啊——』亡魂被亡靈傷害也是會疼的，小女孩發出淒厲的慘叫聲，碎黑渣掉了一地。

兩旁的孩子們嚇得渾身發抖，他們把自己埋進土裡、躲進牆裡，身爲鬼，他們比誰都希望不被看見！

「住手！妳在做什麼！」厲心棠喝止，「這裡從來就沒有妳的孩子，妳燒死他們，現在又在折磨他們！」

被撕開的小孩亡魂哭得悲絕，哭著看向厲心棠喊著救命。救命，救救她，好痛喔！

『騙子！都是騙我！這不是我的孩子！』女人發狂的吼著，粗暴的再把女孩的靈體撕了一塊下來，二話不說竟朝嘴裡塞去！

「太超過了！」厲心棠先拋出廟裡求來的傳統護身符，就朝女人手上扔去！

女人瞬間痛得鬆手，看來信仰對口了！小女孩的碎塊紛紛掉落在地，她正拼命的爬行著，試圖把自己給拼回來；女人撫著手僅踉蹌數步，一雙眼睛卻又凌厲的看向厲心棠。

『是妳對吧？把我的孩子還來！』

伴隨著女人尖叫，厲心棠感受到她強烈的悲傷、痛苦、恐懼還有瘋狂，她是眞的瘋了！

她抓狂的在體育館裡找尋她的孩子，她殺了老師、抱怨他們把她的孩子藏起來，她突然害怕起整間哭鬧的孩子，她希望孩子們閉嘴，然後外頭警方的警告更令她崩潰。

「不要靠近我！我知道你在！」她語無倫次的對著孩子們說著，然後帶著恐懼的心情，卻拿出準備好的汽油，發狠潑灑在孩子身上。

拿出打火機時，她極度絕望，她看著一屋子哭泣的孩子，泛出淒楚的笑容，「別想再傷害我，我燒了你，我可以燒死你的。」

女人點了火，被火舌燒身時，除了痛楚外，她更多的是解脫。

因爲，在女人眼裡，眼前的大火，竟是一條巨大的蛇。

厲心棠仰起頭，看著那條「火蛇」，下一秒火燄消失，取而代之的是夜空，她雙手推著嬰兒車，但她的孩子卻被抓著腳踝，倒吊在半空中，高高舉起。

女人腦袋一片空白，在路燈下，她從未看過這種生物，她根本不知道發生什麼事，只知道那個怪物抓起了她的孩子，頭下腳上的孩子嚇得嗚咽起來，然後……

那個怪物把她孩子的頭塞入嘴裡，喀嚓一聲，咬斷了她孩子的頭顱。

她這輩子都忘不了她孩子頭骨被咬碎的清脆聲響，從怪物嘴裡流下的鮮血，然後怪物第二口，咬斷了她寶貝的半身，臟器紅血倒流噴出時，怪物立刻再咬第三口，把她的寶貝塞進嘴裡了。

喀嚓，喀嚓，清脆不已。

『啊啊啊啊啊——』女人撕心裂肺的長嘯，她的孩子啊啊啊！

她沒有殺自己的孩子，她的孩子真的是被怪物殺死的！

『我的孩子被吃掉了！』女鬼的身後再度燃起了熊熊大火，『不是我殺死自己的孩子！』

剎那間煙霧瀰漫，即使知道這是幻象，但他們現在就是在人家的地盤裡！闕擎伸手抓過厲心棠，被拽過來的她正在痛哭，完全沒有甦醒的姿態，看來她的意識已經跟女鬼同步了！

『放過我的孩子，還給我，我求求你還給我啊！』女人全身燃著火，朝著闕擎走來。

該死的他居然眞的感覺到燙了！

「妳自己殺了妳孩子吧！妳是殺子凶手！」闕擎試圖混淆視聽，希望這位媽媽的思想與動作都能遲緩些，「妳好好想想，妳對妳孩子做了什麼！」

『不是我！不是我！』她激動的喊著，『是怪物！我說了，眞的是一條蛇把我的孩子吃掉了！』

「厲心棠！妳清醒點！」闕擎拖著沉重的她，但是她幾乎跟著女鬼同步在哭喊。

闕擎使勁把她往後拖，門口近在咫尺，只要跨出體育館的範圍，這些被燒死的鬼是出不來的，是出……

濃煙遍佈，高溫開始迷惑人的心智，但是這些都是幻象，他不該會失去方向感才對——因爲他們剛剛僅有筆直走入，照理說直直後退就沒事了啊！

『哥哥！大哥哥！帶我走！』爬行的分屍女孩朝他爬來。

『我也想離開！』看似健全的男孩也跑了過來，『我不要待在這裡了！』

他們雙手掩面哭泣，但小手一碰到自己的臉，卻開始焦化……那些白淨可愛的臉蛋被火燒得變紅、紅腫、萎縮、變形，在慘叫聲中變成了焦碳。

哭聲、嘶吼聲、哀號聲此起彼落，聲聲入耳的悲切，闕擎卻沒有朝任何一個人伸出手。

這不是他會做的事。

刹！一道刺眼白光驀地從身後照來，那道光疾速得讓孩子、火燄與女人盡數消失，在闕擎什麼都沒看清楚，只感受到強力的拖拽，他緊緊扣著厲心棠被拖了出來！

熱度與令人窒息的空氣頓時消失，闕擎疲憊的趴在地上，懷間是已經清醒的厲心棠。

她仰躺著，淚流滿面的望著天空，悲切之情依舊溢於言表。

「妳叫厲心棠！」闕擎不客氣的直接往她臉頰招呼了兩下，「不是那個瘋癲的女人！」

厲心棠深吸了一口氣，「她沒有瘋，她說的都是真的，她的孩子被吃掉了。」

「嗄？」

「巨大的蛇尾在擺動著，但上半身是個漂亮但猙獰的女人，分好幾口吃掉了孩子。」厲心棠喃喃說著，接著眼神完全對焦的看向了他。

真巧，他們好像有個共同認識的人，就是上半身是美女之樣，下半身卻是蛇。

「那種證詞是不可能被採信的。」拉彌亞。

低沉的男聲傳來，闕擎這才回神，緊張的看向拖他們出來的人——僅僅數秒，他不住鬆了一口氣。

「好久不見，章警官。」

章警官是確定了今天沒人跟著闕擎，他才趁機跑過來的，結果跟到這莫名其妙的地方後，就看見兩個人正互抱著，一個哭天搶地，另一個低首掩鼻外加咳嗽、一臉痛苦樣，當然他也知道這裡不對勁，最後自做主張拖了他們出來。

「我現在調到一個閒缺，總之小隊被打散了，大概是怕我跟你有聯繫吧！但是，」章警官露出一抹苦笑，「我這不知道什麼命，閒缺卻讓我非常方便找過去的資料。」

他再度直接拿出了一個信封，闕擎不假思索的接過，相當有厚度。

「幼稚園的案子嗎？」一旁的女孩才剛調適好心情，眼睛依舊腫腫的。

「對，陳年舊案，這位媽媽叫洪詠燕，孩子她關的、火她放的，這點沒有懸念！不過她的孩子至今依舊是失蹤人口。」

厲心棠聞言，心頭緊了一下，連骨頭都被啃掉的孩子，哪來的屍體可供尋獲？

「他們被困在這個地方，那個媽媽依舊在找自己的孩子與失落中循環，小孩子也一直在等待放學，這跟最近的殺嬰沒有關聯。」厲心棠一邊說，一邊秀出手機裡的徽章照片。

「洪詠燕的孩子失蹤是悲劇，也很可憐，但她燒死四十七個孩子、兩名老師，就會製造出至少四十九個跟她一樣悲傷的母親。」章警官只有嘆息。

厲心棠看著照片裡看上去溫柔漂亮的女人，沒想到她會狠心燒死這麼多人，跟剛剛在體育館內的瘋狂形象已經截然不同了。但是……她突然看向了章警官。

「你爲什麼會查幼稚園的案子？你怎麼知道這場火災跟最近的失蹤案相關連？」厲心棠滿是狐疑的問著，「古明中學後我們就失聯了，你不但能寄失蹤兒童的資料給我們，還比我更早知道這間幼稚園跟綁架孩童者的關係？」

闕擎沒有阻止厲心棠的質疑，他非常感謝章警官千鈞一髮之際把他們從鬼的幻境中拖出；但是，他爲什麼會在這裡？資料爲什麼這麼齊全又準確？也是他所懷疑的。

結果，這反而讓章警官露出了錯愕之相。

「不是你們找我要的嗎？」

誰？闕擎跟厲心棠雙雙驚愕，他們連他調職都不知道，怎麼可能說聯繫就聯繫，而且章警官連手機電話都被換掉——

瞧見他們的神情，章警官臉色丕變，立即跳了起來，飛快的往外走去。

「我先走了！」

「章——」厲心棠想攔住他，卻更快的被闕擎阻止。

他嚴肅的皺眉搖頭，看不出來嗎？他們的見面是被設計的，有人讓章警官認爲他們向他求助，把資料都備妥了過來。

「誰會做這種事？」厲心棠一顆心七上八下的，「章警官不會出事吧？設計他跟我們見面是爲什麼？」

一瞬間，程元成眉心中彈倒地的畫面，閃過了闕擎腦海。

他不悅的拿出手機，立刻走到一旁打起電話，厲心棠很禮貌的不趨前偷聽，而是蹲在一旁，瀏覽著章警官帶來的資料。

但她其實看不進去，因為在那母親崩潰的回憶裡，她的孩子是被人身蛇尾的怪物吃掉的……回憶與情緒看不清容貌，但那如孔雀般斑斕閃耀的藍綠色尾巴，她真的見過。

叔叔說過，好歹是神的傑作，那蛇尾的美麗，天上地下，僅此一位。

拉彌亞。

「我們走吧。」回來的闕擎蹲身收拾起卷宗，拉著厲心棠趕緊上車離開。

車子開下山，一路沉悶安靜，他們誰都沒說話，腦子裡都不知道轉了多少事情，但每一件都很令人心煩。

「要先解決哪件事？找到那個可憐的媽媽、還是拉彌亞？」闕擎率先打破沉默。

厲心棠喉頭緊窒，不停的絞著衣角，「我想自己回去問拉彌亞。」

自己，她加強的語氣，表示不需要闕擎陪同。

不過他本來也就沒有陪同的意思。

「那位施咒的母親我暫時也沒興趣，我自己這邊也很多麻煩……唉。」闕擎想起來就很煩亂，「最近可能有人會去找你們店或妳的麻煩，先說聲抱歉。」

厲心棠默默的轉頭看向他，那精緻的側臉，散發著氣質的面容，眞的越看越令人喜歡。

「我是不是，給你製造麻煩了？」女孩擔憂的小小聲說著。

闕擎詫異得圓睜雙眼，這話怎麼反過來說了？

「這好像應該是我要說的吧！是因爲我，所以才會有人去找妳或『百鬼夜行』的……」

「才不是呢。」她噘著嘴，「是因爲我們變成你的牽絆了。」

不只是她，還有整間店，如果店裡有其他活人的話，也會成爲闕擎的軟肋。以前的他，不喜歡認識任何人類，把自己關在病院的個人房間裡，不與誰有過分的聯繫，極爲自在。

紅燈在前，闕擎緩緩踩下煞車，他嚴肅的看向厲心棠，無奈的吁了一口氣。

「沒有認識你們，精神病院裡的醫護人員也會是我的牽絆。」他遲疑著，還是伸手輕輕拍拍她的肩，「妳別想太多，說穿了是我害得妳。」

厲心棠眨著眼睛，她知道闕擎說得三分眞一分假，認眞講起來，醫護人員是可以汰換的，他跟那些人終保持著標準的上對下、老闆與下屬的關係。

她在闕擎收回手前，抓住了他的手，大膽的握著。

闕擎沒有掙扎，倒數三十秒，他們還有三十秒的時間。

「我不會成爲你的麻煩的，你放心。」厲心棠深吸了一口氣，目光灼灼的直視前方，「你放手去處理你的事，我也先回去跟拉彌亞好好談談。」

倒數五秒，厲心棠鬆開了手，闕擎收回手前遲疑了兩秒，他有種想撫摸她臉頰的衝動，但最後還是把手放回了方向盤。

「如果是拉彌亞，妳怎麼辦？」

「嗯……」厲心棠靠著車窗，看著窗外的景色飛掠，「我能怎麼辦？她是拉彌亞啊！」

百鬼夜行
第六章
攤牌

距離「百鬼夜行」開店前還有半小時，整間店氣氛卻異常低迷，厲心棠坐在吧台邊的高腳椅上，嚴肅凝視著拉彌亞，吧台上擱著她的手機，上頭是昨晚那個胸章圖案，厲心棠要一個答案。

吧台裡的德古拉正帥氣的搖著雪克杯，倒出一杯淺綠調酒，好整以暇的遞到厲心棠面前。

拉彌亞依舊是亙古不變的黑色西裝，她凝視著桌上手機裡的照片，再瞥了眼厲心棠，精緻美麗的臉上沒有太多波瀾。

厲心棠指尖在手機上滑了一下，顯示出當年縱火女人的新聞，那個媽媽哭喊著：「我的孩子被蛇怪物吃掉的！」

「她的亡魂還在那個體育館內，我今天見到她了。」厲心棠慢條斯理的說著，後面的事應該不必她多說了，大家都知道她能感受到亡魂的情緒。

「對，是我。」拉彌亞一屁股挪上了高腳椅，指尖在桌面輕點。

德古拉會心一笑，立即準備下一杯調酒。

「我就知道！」厲心棠一擊桌面，「那個媽媽的記憶很模糊，但是蛇尾的顏色太清楚了！半人半蛇的應該只有妳！」

拉彌亞並沒有直視厲心棠，而是看著手機裡的新聞，眼尾瞄著的是正在

Shake的德古拉，彷彿在暗示他，多點好話啊！

厲心棠拿起調酒慢慢喝著，氣氛一度非常沉悶，後面準備開店的各種亡靈都不敢吭聲。

「妳怎麼挑選獵物的？跟那個媽媽有過節嗎？」厲心棠十分淡定的問著，「我不相信妳只是偶然在巷子裡遇到一個推嬰兒車的媽媽，就想吃掉她小孩。」

「她那天稍早在賣場撞到我沒道歉，還放任孩子亂破壞超市裡的東西，她有賠償但態度很差。」拉彌亞也不隱瞞，「我覺得如果不教，就乾脆吃掉好了。」

哇，聽起來還有點道理。

「可是妳這幾年都沒有再吃孩子了不是嗎？那時是……」

「是，我已經不吃孩子二十四年了。」拉彌亞像是得到某種支撐般，堅定的回著，「自從妳來到百鬼夜行後，我就沒有再吃過任何一個孩子了。」

啊……厲心棠詫異的看向拉彌亞，是因爲她嗎？

「我倒是可以作證，妳來了之後，她眞的沒再出去獵食過！而且拉彌亞跟我們不同，血液對我族來說是必需品，但對拉彌亞不是。」

同仁之愛，德古拉仁至義盡！

失去孩子的拉彌亞，是因爲自己的孩子當初被奪走殺害，所以才想將一樣的苦痛加諸在其他母親身上！

「妳實在太可愛了！圓圓的眼睛總是看著我，小手揮舞著，隨時都會對大家回以笑容，當時連店裡一個戾氣甚重的惡鬼都能被妳融化。」拉彌亞回憶起當年老大抱回嬰兒時的場景，「妳一笑，整間店都鮮活起來，生活變得非常有意思，我也不想再去傷害哪個孩子了。」

過去的她，是因爲憶子成狂；但有了厲心棠，她就有了寄託。

「當時拉彌亞還想把妳養在身邊，養在店裡，拼命要老大讓給她呢！」長頸鬼在厲心棠面前飛過去，那長長的頸子在半空中繞了好幾圈，「我記得還跟雅姐吵過架。」

提起這件事，拉彌亞的確不大高興。

一個撿到的人類孩子，誰養不是都一樣，但老大他們就是貪圖抱著軟綿綿的孩子入睡，才死活不肯讓給她。

「哇！」厲心棠不禁露出幸福的笑容，「我怎麼覺得好窩心喔！因爲我所以妳就不想傷害小孩子了！」

是啊，因爲有可以照顧的人了，她是眞的把棠棠當作自己的孩子一般愛著、照顧著，那又小又柔軟的嬰孩，多麼令人憐愛。

所以，她才會無法接受老大他們放任棠棠涉險！

大廳又陷入安靜，拉彌亞其實非常在意厲心棠的想法，昨天她見到徽章時其實就想起了那個女人，她在很多母親面前吃掉她們的孩子，但一般這些母親都會跟她一樣自己痛苦，或發瘋或自殘，但那個女人——是唯一一個殺掉這麼多外人的。

「我不知道該怎麼解釋，我也沒想到她會燒死這麼多孩子……」拉彌亞凝重的看著厲心棠的側臉，「但我說不出道歉的話。」

嗯？厲心棠趕緊搖了搖頭，「不需要，妳不需要道歉的！小德吸了多少人的血，小狼直接吃人，沒人需要道歉啊！」

拉彌亞一陣錯愕，「……是、是嗎？」

「就跟我會吃肉一樣，我不會對哪頭牛或豬道歉啊，我知道是妳，那就好了，反正那不是重點。」厲心棠一臉泰然，「我在意的是現在擁有惡魔咒術書、在那邊殺人獻祭、交換亂七八糟東西的女人——那個人，妳該不會也認識吧……」

拉彌亞深吸了一口氣，斬釘截鐵，「不！自從妳來到這裡後，我完全沒有再傷害過任何一個孩子了！」

「那就好！」厲心棠劃上微笑，將酒一飲而盡後，跳下高腳椅，「我去換衣服，準備開店喔各位！」

她踏著輕快的腳步朝員工樓梯走去，德古拉看著她的背影，默默把杯子收了下來，「有些強顏歡笑啊！」

「那就是我，沒辦法。」拉彌亞苦笑著，「棠棠該懂的。」

「懂是一回事，但畢竟她還是人類，而且……拉彌亞，妳是吃小孩啊！」德古拉也沒在客氣，「還不是一口吞，得多嚇人！」

拉彌亞扯著嘴角，帶了點不耐煩，「我現在不做這種事了，我已經有棠棠了。」

「她不是妳的孩子。」德古拉用輕鬆的語氣，說著嚴厲的話語。

拉彌亞睨了他一眼，「她是大家的孩子。」

「他是老大跟雅姐的，他們撿到她，把她養大的！我們充其量都是阿姨叔叔。」德古拉再次提醒，「很親很疼她，但始終不是她的父母。」

「老大也不是，只是撿到她，因為她是被丟掉的小孩。」拉彌亞沉下眼色，「她的父母不配擁有她。」

「那誰可以呢？」德古拉意有所指的看著她。

拉彌亞冷笑，指尖劃著杯口，「真心愛著她的人，都可以。」

「妳那是過度保護了，拉彌亞！妳也知道這二十四年來都沒有再傷過孩子，所以棠棠已經二十四歲了。」

他最在意的就是這點，拉彌亞對厲心棠太過保護了。

「我那不叫過度保護！我們無法阻止她去干預別人的事，打從一開始我就反對讓她出去，妳想想她遇過了多少事？多少厲鬼？是不是幾次差點出事？」提到這點，拉彌亞便激動起來，「別的不說，食人鬼那次，隨時都能傷害她，但老大卻讓她就這麼站在那些鬼的面前，而不加以救援！」

「老大說過，棠棠要爲自己的選擇負責。」

「他也是！」拉彌亞雙眼驟變，瞬間成了黃色蛇眼，「他既然撿了棠棠，就該保護她！而不是讓她一再遭受危險而沒有自保能力！」

肅殺之氣傳來，德古拉看著那差一點就要回到蛇身狀態的女人，嗅到了不妙的氣息。

「她比我們想像的要好很多了，經過這麼多事，她不是也都度過了！老大也不是全然放任，但她只是普通人類，就該過一般人類過的生活……」

「那這樣撿她回來做什麼？眞的愛她，就要保她永遠不受傷害。」拉彌亞冷冷的瞪著德古拉，撇頭離開，「老大他們做不了的，我來就好。」

德古拉凝視著她削瘦的背影，幽幽向右轉頭，望向這才走出的雪姬。

她身著白色和服，已經準備好要開店了，瞥了拉彌亞一眼，再看向德古拉，微幅搖著頭，暗示他別跟拉彌亞爭！

拉彌亞多疼愛棠棠大家都知道，她是後幾年才來「百鬼夜行」的人，都如此疼愛棠棠了，更別說打從一開始就照顧著棠棠的拉彌亞。

「她也是母親。」雪姬最終只能說出這麼一句。

「我知道。」德古拉眼神沉了下去，「我只是不喜歡，『永遠』這個詞。」

是拉彌亞，是拉彌亞！

趁機回到家中的厲心棠在偌大的客廳裡走來走去，抱著頭不住的喊著——眞的是拉彌亞！

她當著人家媽媽的面，把人家的孩子咬開咬碎分幾口呑下去，這有幾個媽媽受得住啊！可是她也知道，當年拉彌亞的孩子也是這樣被殺掉的，所以她才會思念到發狂，結果去爲難跟她一樣的母親們！

「哎，這什麼互相爲難的邏輯？」她衝回房間，打開筆電試圖搜索著早年的舊案。

這二十幾年來拉彌亞沒有再吃過孩子，但換句話說，在她來到「百鬼夜行」前，她很常幹這種事嗎？有多少母親目睹了自己的孩子被吃掉？對外訴說也無人會信？甚至跟那位媽媽一樣，反而被視爲謀殺親子的凶嫌？

她的心理非常矛盾，因爲那就是拉彌亞的習性，她該知道，就像吸血鬼會吸人血一樣，但是想到那些無辜的孩子跟母親，卻又覺得他們好可憐。

「我這混亂的三觀啊！」她無奈的看著鏡子裡的自己，「妳到底該用妖怪眼光看世界？還是人類的呢？」

換好衣服後，她抖擻起精神準備要去店裡幫忙，傳了訊息告訴闕擎實情，當年的確就是拉彌亞幹的！只是那位媽媽燒死四十七名孩子後，這些孩子的父母親又被變成了什麼？

收藏那個胸章的一定是受害者家屬，該幼稚園當年發生命案後就停業了，畢竟死了太多人，根本沒人敢接手，附近鄰居甚至說，半夜都會聽見孩子們在嘻笑玩鬧，或是痛苦的慘叫聲。

章警官給了他們所有受害者孩童的家屬資料，他眞的如及時雨一般，比新來的蔡平昌有用多了，問題是：誰跟他要的？

她跟闕擎都覺得中間有陷阱，但她很需要這些資料，就算有陷阱也只能跳了。

問題是，這陷阱是針對她？還是闕擎呢？

闕擎所擁有的精神病院，是養父名下的財產，他十幾歲時來到這個國家，因爲孤苦伶仃所以被編入孤兒院中，後來被一位王姓實業家收養！對方是地產大亨，非常有錢，還有這麼一間「平靜精神療養院」，專門收容精神有問題、且家屬無法照顧的患者，還因此被稱爲大善人。

事實上，養父整個家族都信奉惡魔，他們能發家致富也全靠惡魔，一心一意希望能召喚出他們的「主人」，而那些精神病患者就是免費的祭品，而闕擎自己，也是劊子手之一。

在孤兒院時，他就沒少讓欺凌他的人自殘，他的雙眼有催眠人的力量，但不是催眠人做任何事，他的催眠只有一個功能：使人自殘至死。

養父便是知道了他的能力才收養他，讓他催眠那些精神病患者，自願到惡魔祭壇裡獻出自己的生命，越殘虐惡魔主人越喜歡，祭品價値也就越高，他乖乖聽話並不是傻，而是有這樣的養父，人總要識時務者爲俊傑。

他心底明白，有朝一日等他們眞的召喚惡魔出來，只怕他會是第一個被犧牲掉的！什麼未來繼承權他根本沒在信，而且養父一家眞的太過自大，既然知道他從小就是踩著屍體活過來的人，怎會覺得他會聽話做事？

那時他也發現到，許多世人眼裡的精神分裂患者，只是因爲體內有惡魔罷了！一旦那些患者死亡自殺，那些惡魔反而會被釋出，他不是心疼其他人，只是因爲他有輕易撞鬼、又會被鬼纏上的經歷，做這種事簡直是搬石頭砸自己的腳。

直到養父家族以嶄新設備建立了這間精神療養院，且收集了體內封有惡魔的患者時，他就覺得不對勁了！所以他挑了一個家族團圓的過年，用他們最愛的能力，讓整個家族一起上路了。

身爲養子，他順理成章的繼承了所有遺產，包括這間精神療養院。其他財產他都委託人打理，出租或售出，唯有這間療養院，最後成了他的庇護所。

他不想跟人接觸，就住到精神療養院的最高樓，他的體質太容易見到鬼，也容易被鬼纏上，他才擺設了許多結界，一直到處去買法器、符咒，盡可能的讓自己在安寧的地方生活，也善待各種特殊患者，他倒是不擔心患者，患者比他強大多了。

似乎是從養父家集體自殺後，他就被警方盯上了，只是因爲他幾乎很少離開精神療養院，所以沒什麼威脅，直到……陰錯陽差認識了厲心棠、進入了「百鬼夜行」、被她拖著到處管事，那些監視也就越來越礙眼了。

闕擎踩下煞車，看著前方直接攔車的蔡平昌，這傢伙比上一個特殊警察直接多了。

他摸著口袋裡的那枚子彈，趕緊把它取出，隨手往後塞進了座椅的縫隙裡。

叩叩，車窗被敲響，闕擎降了一公分。

「你們現在越來越明目張膽了。」闕擎連正眼不瞧他一眼，伸手往手機架上的手機點去，有些預防措施還是得做。

例如他們在這條路上攔下他，這是條寬廣的馬路，斜坡向上，而他的精神療養院就在上方五分鐘後的路程，在這裡攔他，怎麼想都沒好事。

下車時他立即鎖上車子，接著與蔡平昌拉開了一定的距離，然後機警的回首，後方的人果然逼近。

「沒事……沒事……」蔡平昌連忙讓後方的人員退後，「別給他這麼大的壓力。」

「我光看到你壓力就很大了。」闕擎視線一轉，看向了遠處的黑頭車，「速戰速決吧。」

他逕自走了過去，幾個黑西裝的保鑣上前搜身，闕擎當即拒絕，瞪了蔡平昌一眼，轉身就要回車子邊。

「闕擎！」蔡平昌連忙勸阻，「說好要談談的！」

「搜身免談，誰都別碰到我！他要是怕車內我對他不利，他可以就到車外來，這兒到處是空曠的地方。」闕擎沒好氣的說著，「況且我真的想怎樣，你們把我綁住都一樣！」

這句話引起一陣沉默，所有人恐懼的交換眼神，闕擎可以明顯的看出保鑣們的戒慎恐懼，他們個個僵硬緊繃，雙眼都緊盯著他。

欸，會怕就好。

他坐入黑頭豪車內，豪華轎車，後座是兩兩面對面的座椅，不意外的坐在對面的是西裝革履的男人，對方非常削瘦，兩頰凹陷，眼神卻相當凌厲，是個狠角色。

「闕先生，您好，我是安全局的ＪＢ。」男人倒是一點都不拐彎抹角，「我就直說了吧，我們需要你的幫忙。」

國家安全局。闕擎想過背後一定跟政府有關，畢竟都能長期派特殊警察跟監他，這的確不意外，但是——國家安全局？

「這有點超過了，我就一普通人，對國家安全應該沒什麼助益。」闕擎搖了搖頭，「你們是不是搞錯方向了。」

「普通人？闕先生是客氣了，您怎麼會是普通人！單就您十一歲來到我們國家後，保守估計就有上百人的死亡跟您有關，這還不包括我們杳無音訊的同仁們。」ＪＢ的語調倒是輕鬆，「我們注意您很久了，也知道您在母國的事，跟您母國的死亡人數比起來……在這兒的確是個普通人。」

「如果眞調查，就知道我有原則跟底限，基本上人不犯我、我不犯人！我並不會對這個國家造成什麼威脅。」

闕擎自是話中有話，誰犯他他也不會客氣，國家別帶頭惹他。

「不不，您誤會了。」ＪＢ連忙擺手，「我們不是視您爲威脅，只是想請您當同事，跟我們一起並肩……爲了國家安全而女力。」

闕擎非常認眞的聽對方說話，還在腦子裡咀嚼了一次，最終還是忍不住的蹙眉：「嗄？」

「國家安全不只要注重警力，特殊人士也能幫忙！國家面臨比你嚴重的威脅，這些威脅絕大部分源自於正常人，噢，沒有說您不正常的意思。」ＪＢ敷衍的道歉，「總之，有您的加入，可以無聲無息的幫國家掃除威脅，所以我們需要您。」

闕擎的眼神在一秒內沉下，他幽幽朝左望向車窗外，忍不住抽了嘴角發出冷笑：哼，又來。

「你小子笑什麼？」ＪＢ身邊的幕僚是緊張壞了。

「就是要我替你們殺人吧，你們眞是樂此不疲。」闕擎伸出手，有張紙條他早藏在掌心了，「這紙條是你們放的嗎？」

「是時候償還你的罪孽了！」

這是他之前住院時，有人趁機塞進他包包裡的。

「哎，只是打個招呼。」ＪＢ還在那兒嘻皮笑臉，「想想，爲國家做事，拯救更多好人，也能算償還你過去犯下的罪啊！」

闕擎雙眼閃著光芒，凝視著眼前的官員，他往往都會有另一種感覺，看著這些笑著的人，比看著猙獰咆哮暴衝的厲鬼還嚇人。

因爲他不知道這群人在盤算什麼、未來會做出什麼事。

「要我無聲無息的掃除威脅，你們希望我做的，其實就是替你們去殺人。」

「不，不不！」ＪＢ鄭重的三連否認，「是讓他們自殺，沒有人需要負責任，誰都沒有罪。」

「既然如此，那我要償還什麼？」闕擎即刻反詰。

ＪＢ一怔，旋即意會，「闕先生，我們明人不說暗話，你——」

「我也懶得說這麼多，你們怎麼認為我會答應？」闕擎失笑出聲，「我都在這裡生活多久了，你們跟監我這麼久，總該對我有一定的認識吧！」

ＪＢ眼裡的光芒突然亮了些，這讓闕擎心頭一緊。

「對……本來是，發現你是在孤兒院時，爾後你被收養時我們也覺得非常奇怪，直到王家一家自殘慘死，那時我們也查到了你幼時的資料，完全符合。」ＪＢ逼近了他，「人啊，不可能眞的能獨自生活的，而一旦有相處、就會有感情，有了感情——」

你就有軟肋了。

後面幾個字無聲的在空中漫開，闕擎依舊表面鎭定，但他早就猜到了。

「你們也眞有耐心，一直等到我跟人起了連結嗎？」闕擎深吸了一口氣，「那爲什麼殺程元成？」

提到程元成，對面的男人神情不變，ＪＢ故作輕鬆的往後躺著椅背，明顯的不想回答這個問題。

「程警官太過感情用事，除了他兒子的案件，還有同僚的失蹤，他對你成見太深，私心妨礙了公務。」幕僚趨前回應，「他忘記他只是看顧你的人，國家需要的是你，不是他。」

所以，即使爲國家做事，即使他是特殊警察，當他舉起槍意圖傷害闕擎時，這個國家優先選擇的還是闕擎。

眞諷刺，爲這個國家盡心盡力，只怕他被一槍爆頭時還在想著爲什麼吧？爲什麼，他心中該死的怪物被保護住了。

「我不會道謝的，我沒求你們做任何事，我也沒答應……但我想，你們會盡力說服我對吧？」

「當然，誠如我說的，你已經有在乎的人了。」ＪＢ悠哉悠哉的扳起手指來，「百鬼夜行、厲心棠，還有——那間神經病院。」

「你眞以爲我在乎嗎？」

「在乎！你絕對在乎！哈哈哈！」ＪＢ得意的笑了起來，「程警官已經幫我們驗證太多了，可愛的女孩子、知名的夜店，你都在意，但你最最在意的，就是神經病院！不惜動用律師跟一堆關係，爲的就是不讓人碰觸裡面的患者！」

不是醫護人員，而是患者們。

被看穿的闕擎表面依舊平靜無波，但內心的確波瀾萬丈，又是一個想把他當工具使的人！利用他時就各種威脅，還視他為怪物，從小到大幾乎沒有例外，每個人都只想利用他，但每個人的下場都沒多好。

他們為什麼會認為自己會是平安無事的那個？現在這個國家安全局敢堂而皇之的找他「商談」這件事，其實並沒有給予他拒絕的空間，他們已經打算用精神療養院來要脅他。

「如果我不配合，你們能怎麼樣？」

「不不，闕擎，我不希望我們走到那一步，大家都相安無事不好嗎？」ＪＢ警告般的勸說，「我跟程元成不一樣，逼急了，我們什麼事都做得出來……想想那個可愛的、滿眼都是你的女孩。」

是啊，那個沒有把他當工具人，也未曾把他當怪物的女孩，在她眼裡，他就是個正常人。

他想她了。

「厲心棠跟那間夜店我還真的隨便你們，你們要有膽子碰，我絕對欽佩。」闕擎嘆了口氣，「你的提案，我必須考慮。」

「闕先生，我們不是來徵求你同意的。」幕僚不客氣的開了口。

「我有我做事的方法，而且現在我正在忙，如果你們幫我把手邊的事解決了，我們可以更快進行下一步。」闕擎伸手往口袋裡去，「我拿手機，別緊張。」

前後座的保鑣再多一秒，槍就要拔出來了。

幕僚原本想再說些什麼，但識時務的ＪＢ即刻阻止他，他希望和平的處理這件事，未來大家都是合作的夥伴，鬧僵或是欺人太甚，是無法讓人好好盡心做事的。

「我在查二十五前年的幼稚園縱火案，我想查受害者的全部家屬資料，不限父母，幫我挑出有問題、可能犯罪者。」闕擎開門見山，「你們把章警官調走，找那個蔡平昌過來我沒意見，但份內工作要做吧？」

幕僚皺眉，「你……在查這個做什麼？」

「我總是在查一些奇怪的事，你們該知道的，我想你們跟著章警官也很久了！」闕擎懶得解釋太多，「早點解決，死掉的孩子會少一點。」

是，闕擎跟那個夜店女孩，的確直接間接的涉入許多案子中，都能讓人自殘了，也就沒什麼令人驚訝的事了。

「孩子也屬於國家安全，我會讓蔡平昌協助你。」ＪＢ突然沉下聲音，「不過，闕擎，我們也是有時限的。」

闕擎與之相互凝視，這群蠢貨，只要他願意，他現在就可以讓這台車裡的人自殘了——不過，這只是個政府代表，就跟程元成一樣，死了一個，還會有千千萬萬個。

闕擎沒應聲，逕自伸手打開車門。

「七天。」

臨下車前，車內傳來了期限。

闕擎沒有回應沒有停頓，一路直接回到自己車上，無人阻攔，接著蔡平昌就被交代了任務。

他力持鎮靜的往精神療養院駛去，希望那裡相安無事，剛剛下車前他傳訊給拉彌亞，希望店裡派狼人或阿天過去看顧，他的精神療養院的確不能出事。

那些患者裡的惡魔不是開玩笑的，要是真的全部釋放出來，倒楣的也是全體人類——雖然這樣想很爛，但是他突然好希望國家安全局去找「百鬼夜行」的麻煩、去找厲心棠的麻煩喔！

這樣就算前仆後繼，也算是提供「百鬼夜行」免費自助吃到飽的機會啊！

第七章 老屋裡的……

四十七名孩子加上兩位老師的所有受害者親屬，在案子發生後多數人就過上了很悲慘的日子，夫妻有一半以上離婚，有人得了憂鬱，也有好幾對夫妻自殺；但也有花費時間治療心理後，重新振作，又生了孩子，現在過著幸福生活。

而有一位家長，背景資料格外顯眼，顯眼到蔡平昌還放在第一位。

「楊萱玫，她綁架了六個孩子，但六個孩子都下落不明，這樣才判三十年？」厲心棠看著資料忿忿不平，「六條人命耶！」

「沒有屍體，不能算命案，她說她放了孩子們，只是不知道他們跑到哪裡去了！所以法官判定她因爲失子精神不正常，一年前表現良好，便提前假釋出獄。」

「孩子們呢？」厲心棠把資料都翻爛了，就是沒見到那六個孩子的下落，「完全沒線索？人呢？」

「她交代了放孩子們走的地方，只說放他們走，警方出動大規模搜索，也沒找到。」

即使她是說謊，但沒有屍體就沒有證據。

一拿到資料，闕擎就叫厲心棠出門了，這位女士絕對是調查首要對象，因爲對照章警官給的資料，現在的全國各地孩童失蹤案，與她出獄後的時間是吻合的。

「不過當年她綁架的孩子不是嬰兒啊……全是五、六歲的年紀。」厲心棠內心一震，「她的孩子死亡的年紀。」

「我想前提是要假設，當年她並沒有那本參、考、書。」闕擎提醒著。

「那就更可怕了，如果她沒有惡魔咒術書，那當年她綁架那些孩子要做什麼？充當她的……孩子嗎？」厲心棠緊皺著眉思考，「但當年綁架孩子有男有女，可她的孩子是女的。」

「這得問她本人了，但這個人出獄後就是個謎，她之前就是單親媽媽，丈夫早年意外過世了，所以——」闕擎指向了手機，「我找到她大姑名下的一棟屋子，還是她丈夫的老家，妙的是現在除了找人定期維護外，她婆婆寧可在外租房也沒回去住。」

蜷在副駕駛座的厲心棠小嘴微張，嘶了好長一聲，「你去哪裡找到這麼細的事啊？你跟章警官聯繫上了？我以爲他電話換了……」

「是蔡警官，他接替了章警官，就該做這些事。」

「少騙我！昨天店裡又又又又接到消防安檢通知，店外也多了人來監視！」

厲心棠認眞的看向他，「他們到底想幹嘛啊？沒有要放過你的意思耶！」

闕擎忍不住失笑出聲，「妳覺得他們想幹嘛？」

「不知道啊！硬纏著你是因爲——你養父一家的案子？古明中學的案子？」

厲心棠哎呀了一聲，「但說穿了，大家都是自殺的，沒有任何你下手的證據啊！」

「妳覺得他們不知道是誰做的嗎？」

「知道是一回事，定罪是一回事，不管哪一界都是講法律的！大家就是自殘而死，現場沒有你的跡證，你也有不在場證明！」

「但他們知道是我做的，而這個能力，對他們來說有所助益。」

正在翻閱資料的手停了，厲心棠默默握了握拳，難以形容的不悅湧上心頭。

「你是都市傳說耶，可以號召同伴把他們解決掉嗎？」

「我不覺得我是都市傳說，我只是擁有那樣的力量，我也是人，我正常的長大了。」闕擎也很無奈，「但這份力量，的確很吸引人吧！」

「你是都市傳說，也是普通人，這沒什麼好奇怪的，我姐姐也是這樣的！」

厲心棠一點都不驚訝，「你們只是選擇了自己的路！」

「妳姐姐？」現在又多一個姐姐了？「我以爲妳是被撿到的……」

「是啊，所以叔叔不只撿一個也是正常的。」厲心棠堆滿笑容，「她撿到時比我大，是個很好的姐姐，但是叔叔已經洗掉她所有記憶，讓她回到正常人類的生活了，她不再屬於百鬼夜行，所以我們不會再提起她的名字。」

「咦？那妳以後——」

「不會啦！我都二十四歲了！我是從小在店裡長大的不太一樣，姐姐一來是因爲她是都市傳說，二來她被撿到時已經不小了，又經歷過很糟糕的事，而且比起跟鬼生活在一起，她更適合人類世界。」

雖然，她覺得姐姐只生活在她自己的世界啦！

「所以才會有句話說，平凡就是福吧！」闕擎忍不住自嘲，因爲他跟那位姐姐一樣，都是身爲都市傳說的一份子，也沒有太好的童年。

不，他至今都沒覺得有幾天好日子過。

厲心棠悄悄用眼尾瞄著他，前幾天晚上，德古拉說小狼臨時被叫去保護精神療養院時，她就知道一定又出事了，最近闕擎不過來也是因爲有麻煩找上他，她不是傻子！

不惜槍殺程元成，也要保下闕擎是爲了什麼？

人類給人類帶來的麻煩，複雜太多了。

「當初她被抓時，警方沒搜過那間屋子嗎？」

「沒有，畢竟房子名字是大姑的，沒有直接搜查令，她本身也沒有跟大姑密切聯繫。」闕擎減緩車速，開始找停車位，「我開了地圖街景，確定那間屋子有問題。」

厲心棠都呆住了，「你光看地圖的街景顯示，就可以看到鬼嗎？」

「廢話，拍攝器材是最容易記錄的好嗎！」闕擎沒好氣的唸著，「就是這樣，我一般不會輕易開街景的。」

哇喔！哇……這輕易看得見的體質眞的不太優耶。

整裝下車，剛關上車門的厲心棠也頓時愣在原地……「那間嗎？」

闕擎冷笑著，瞧瞧這所謂普通人的厲心棠都能瞧出哪間了，倒不是說有什麼戾氣，而是這棟透天厝眞的就給人一種不舒服的感覺；外牆爬滿了植物，昏暗老舊，庭院裡的植物卻寸草不生，水池早已乾涸，變成了垃圾場。

「這叫有找人維護？」厲心棠眉頭都揪在一起了，「這裡只比河邊的廢墟好一點點點點。」

闕擎逕自推門而入，厲心棠則帶了點緊張的左顧右盼，即使沒人在，這樣堂而皇之的進去好嗎？

「放心，跟警方打過招呼了。」闕擎在大門前停下，直接挪開一旁的花盆，在下方取出了鑰匙。

厲心棠目瞪口呆，這已經不是僅僅的：有點情報了！

噓！他知道等等這傢伙可能又會大呼小叫，先要她噤聲後，自然的打開大門，從容而入。

嗯——一進屋，就有一股濕臭的味道襲來，厲心棠忍不住皺眉掩鼻，空氣中充滿了老舊與腐朽的味道，而且還有死老鼠的氣味。

屋子裡的確不如想像中的灰塵遍佈或是蜘蛛網處處，看得出是有在打掃的，但是所有沙發家具都罩著泛黃的白布，牆上處處是漏水的水痕，每個角落都能看得出久未使用的狀態。

「我不太想進去。」女孩躲到他身後，揪緊了他的衣服。

縱使屋內每一處都透著光，但厲心棠就是覺得渾身不舒服。

「磁場很差吧！」闕擎也很無奈，「但如果想找到那個惡魔咒術書的擁有者……」

提到惡魔咒術書，厲心棠就咬著唇鼓起勇氣，這種讓人汗毛直豎的感覺實在很討厭，明明是白天，卻總叫她心裡發毛。

透天厝的每層樓約只有十二坪左右，家具甚多又很擁擠，更令人不適的是那又高又窄的樓梯，站在一樓往上望，唯有一片的黑暗。

闕擎動手切了電燈開關，樓梯間的燈陡然亮起，而就在亮起的那瞬間，二樓欄杆邊有個人正低頭往下方看，正與厲心棠四目相交！

「哇啊——」她即刻尖叫出聲，往闕擎身邊撞。

「怎麼了？」闕擎趕忙扶穩她，手電筒跟著往上照。

現在照過去已經什麼人都沒有了，只能隱約瞧見二樓牆上的畫。

「剛剛有個人在看我！我看到他！」

「是人還是……」

厲心棠一陣哆嗦，燈亮的瞬間看見的……是個小小的、踮起腳尖的身影。她心涼了半截，幽幽的轉向闕擎，他當即心領神會。

「只是孩子，應該還好。」闕擎這樣說服著她，也似是在安慰自己。

他牽住厲心棠的手，兩人一步一步朝二樓走去，越上樓氣味更重，又黏又臭的氣味瀰漫，不是很重，但開個窗應該會好很多。

闕擎一路開燈，每次燈亮時都會讓厲心棠緊張一下，她謹慎的黏在闕擎身邊觀察著，目前為止，她還沒有在這間屋子裡發現關於惡魔的物品。

「有什麼跡象嗎？」

「沒有，沒有惡魔崇拜的東西，你呢？」

「也沒有。」

看起來就是個再普通不過的屋子，只是很久沒人住了！二樓上樓後，先看見樓梯邊的洗手間，再往裡進，是張方桌，算是二樓的小客廳，還有電視，一旁有兩間隔間房，房間都不大。

「我去三樓看看。」闕擎轉身要出去，「妳一個人可以嗎？」

「可、可以吧！」厲心棠遲疑了幾秒，「可以開窗嗎？空氣好糟……至少把窗簾拉開？」

闕擎沒有回答，他們這算是私闖民宅了，有些事低調點好！厲心棠心領神會，只能稍微觀察一下。其實仔細看都能瞧出沒有生活的痕跡，桌上也有一層灰了，她打開角落的冰箱，一股酸味傳來，裡面有東西壞了。

不過……她仔細看著冰箱裡的食物，卻發現了一盒下周才到期的鮮乳？

有人在這裡嗎？

噠噠……腳步聲突然傳來，厲心棠倏地起身向後，卻沒有捕捉到任何一個身影！但剛剛有人明顯的從外頭跑進來，還經過她身後的！

「打擾了！我是來找人的！」她立刻禮貌的自我介紹，「如果是在這裡的好兄弟，請原諒我的冒犯，我們是來找楊萱玫，或是惡魔咒術書的。」
她一邊說，一邊舉高右手，露出手腕的金色手環，那是「百鬼夜行」的入場通行證，一般人類都是金色手環，只要戴著這個進入「百鬼夜行」，任何妖魔鬼怪都不能獵殺。
厲心棠手上的當然是18K金，這也是身分代表——我是百鬼夜行的人喔！
「有空歡迎來我們店裡，百鬼夜行是歡迎各種亡靈的。」厲心棠小心的打量四周，接著一陣細微的聲響引起她的注意。
咿歪——小小聲的，像是有人從老舊彈簧床起來時發出的聲響。
所以厲心棠目光落在她正前方的房間，房門是開著的，這房間一樣用窗簾蓋著，格外陰暗，她反手打開牆邊的開關，天花板年久失修的燈管閃爍了好一會兒，才勉強點亮，亮度還十分的低。
一張床、門邊是衣櫃，衣櫃旁是一個塞在角落的梳妝鏡，簡單而窄小。
「我找楊萱玫，她現在應該被惡魔蠱惑了，正在聽從惡魔的話胡亂施咒。」厲心棠持續說話，她確定這房子裡有東西，是人是鬼不一定，「跟惡魔許願的代價是很大的，而且也不會如你所願。」
噠噠噠——又是一陣奔跑聲傳來，這次是從房門口奔過，厲心棠再度緊張的回過身，什麼殘影都沒看見，卻眼睜睜看著房門無風自動飄移，砰的就要關上！

「喂！不行！」她大喊著就要往門邊跑。

說時遲那時快，床底下倏地伸出一隻手，猛地抓住她的腳踝，正要往前衝的厲心棠被這麼一抓，直接失去重心，踉蹌得倒在床上！

「哇啊！」

她嚇得尖叫，跌上床的瞬間卻沒有觸及到床，整張床像是水，她竟穿過床沉了下去──不，她被拖下去了！

闕擎！闕擎！

「我在街景上就看見妳了。」

闕擎緩步走上三樓半時，面對著牆，刻意背對著三樓上方冷靜的開口。

有個人影在黑暗的三樓邊，死死盯著他。

「我知道妳沒有惡意，因為不是厲鬼，我也不是來找妳麻煩的，我們懷疑楊萱玫持續綁架並殺害小孩，是在做什麼咒術，所以才找到這裡。」闕擎依然面對著牆說話，「大家好好說話，不要嚇人或傷害人——我要轉過來了！」

他邊說，突地動手打開了就在面前的電燈開關。

沙沙——一陣陰風從後頭飄過，闕擎忍著不安的轉過身時，三樓與樓梯間暫時沒有什麼東西。

但這味道有點重……他忍不住掩鼻，這味道跟下面的不太一樣。

他小心的走上三樓，法器當然握在手上，可是他真的沒有感受到殺氣，這裡的亡者應該不是那種厲鬼。

剛踩上三樓，通往裡間的門卻是緊閉著的，而且他嘗試開門，門從裡頭上鎖。

「別這樣，大家有話好好說。」闕擎嘆了口氣，「你們也是惡魔崇拜者嗎？」

一門之隔，裡頭竟傳來嘻鬧的聲音。

噠噠噠噠——足音不斷，這聽起來像是孩子的聲音啊……孩子？當年楊萱玫綁架六個孩子，卻都沒有找到他們，難道這些孩子都在這裡？

「請問小胖在嗎？」闕擎記得那六個孩子的名字。

嘻鬧與奔跑聲戛然停止，三樓突然陷入一片靜寂，接著門的那邊回傳了叩門聲：叩。

闕擎狐疑的看著門板，再試一次，「那請問小竹也在嗎？」

叩。

「那這裡也有小琴囉？」闕擎舉出了他們在河邊廢屋發現的嬰孩，舉個反證試試。

叩叩。

瞭解！一聲是正確，兩聲是錯誤！闕擎找到規則後，他把每個孩子都喚了一次，證實了他們都在這裡，唯有第六個孩子，楊萱玫說不知道姓名。

那些找不到的孩子，都在這間屋子裡？闕擎緊張的環顧四周，他們在哪？牆裡嗎？

「所以這裡有六個人？你們在哪……」不行，他得問個明確的問題。

叩叩。

咦？留意到否定的聲響，闕擎起了股惡寒——還有別的人在？

「是祭品嗎？」

沒有回應，答案不一定是或不是，只怕等於不知道。

「請問楊萱玫在這裡嗎？」

叩叩。

匡啷！二樓突然傳來桌子推移的巨大聲響，闞擎嚇得整個人跳起，第一時間直覺則朝樓下看去！

一個蒼白的女孩就站在樓梯上，指向了……二樓的房間！

厲心棠！

她被床墊扯進去了！厲心棠死命掙扎著，但就像溺水的人一樣，她一路下沉，完全無法游上去，四周一邊黑暗，有好幾隻手環著她的腰，直直把她往下拖！

「妳瘋了嗎！」

磅！一陣天旋地轉後，厲心棠覺得自己的頭向前撞，但沒撞到什麼實體，只是打了個寒顫。

「你們不懂！米米會回來的！」

厲心棠發現自己正趴在地板，透過門縫偷偷看著外頭，外面就是二樓剛剛那小客廳的地方，有個黑色長髮的女人正在跟另外兩個人爭執，她視角很窄，但還是看得見。

「米米已經死了！妳瘋了嗎？妳是不是聽隔壁阿莉亂說？她是神經病啊！」另一個說話的是長者，聲音激動起來，「妳把這個孩子帶回來做什麼？我問，小柔呢？」

背對著門的黑髮女人沒回應，只是碎碎唸著來回踱步，「你們不懂的，我可以讓米米回來的，妳們知道有一種召魂術，可以讓米米用別人的身體活下來。」

「妳眞的瘋了！隔壁瘋子的話妳也信！」另一個捲髮女人走了過來，「妳要用那幾個孩子做什麼？讓米米附身？」

「閉嘴！你們不想讓米米回來嗎？她被火燒死得這麼痛苦，那個女人憑什麼這樣帶走我的孩子！」長髮女人歇斯底里的哭喊著，「她可以這樣奪去我的孩子，我又爲什麼不能奪去他人的孩子！」

「萱玟！妳這是犯罪！這是綁架啊！」

「不是！我只是想讓孩子回來而已！妳們只要不說，沒人會知道的！」

「怎麼可能沒人知道，這麼多個孩子！」

「妳們都幫我兩天了，都是共犯了，我們是一艘船上的人！從現在開始妳們什麼都不必管、什麼都不知道！」

女人推著其他兩個人出去，爭吵聲不斷，厲心棠還想再偷看，但門縫眞的太低太小，她——啪！一張臉倏地趴地，出現在她面前。

「妳在偷聽什麼！」

哇……女孩哭了出來，恐懼的向後爬，外頭傳來鑰匙聲，接著門便被狠狠的推開了！

「哇啊！」厲心棠感覺到自己嚇想鑽進床底，但頭髮被狠狠的扯住，猛地向後一拉——她又往下掉了！

她感受到胸口的壓力，有人壓著她，掐住她的頸子，然後有東西鑽進她體內，她驚恐的尖叫著，感受到那股力量在她體內竄動，力量大到幾要把她分屍，好痛，好痛——眞的好痛！

啊——

『妳是誰？』

耳邊傳來長者的聲音，厲心棠覺得她聽過，就在剛剛的爭吵中。

『這裡不是妳該來的地方……』另一個聲音在另一邊，厲心棠沒敢看，她現在彷彿懸浮著。

冰冷的手突然抓住了她，厲心棠終於抓到機會，倏地向左，捏爆了藏在掌心裡的小球。

黑暗中突然冒出了光，她可以清楚的看見站在她兩旁的亡者，她們雙雙暴凸雙眼，伸長頸子睨著她……

『妳……』阿嬤從狐疑到驚恐只有一秒，那微弱的光芒突然炸開，『啊啊啊！』

強大的力量直接將她拉起，她整個人飄起似的，瞬間從萬丈深淵被拉出來，狠狠倒抽一口氣後，眼前一片光明，還有一張她喜歡的臉就在面前！

「厲心棠！」闕擎箝著她下巴，「對焦啊妳！」

「汙汙汙……」她嘴都被掐成魚嘴了，「偶對焦了！」

闕擎這才鬆口氣，取下貼在她額上的佛珠，收回她身體上的符紙，很貴不要浪費。

厲心棠疲憊的坐起，她沒掉到哪裡去，就躺在這張床上……掌心撐起來時，她突然打了個寒顫。

「唷！」她轉頭看著床，渾身發毛的一秒跳了下來。

闕擎見狀，趕緊也退了開，「怎麼？妳剛被拖到哪邊去了？」

「那那那幾個孩子都在這裡，當年楊萱玫真的把孩子綁到這裡的，她婆婆跟大姑都在！」厲心棠趕緊挽住闕擎，「二十幾年前，她就想用召魂術了！」

「對，孩子的亡魂都還在這裡……」餘音未落，樓上又傳來奔跑聲，「聽！他們在玩！剛剛也是他們推開餐桌引我過來救妳的。」

「我不需要救，我剛剛可以的……」厲心棠皺著眉看向床，「他們，真的在這裡。」

「我剛說了……妳說的這裡是指……」闕擎再次循著她的視線往前，「床墊裡？」

厲心棠顫抖著點點頭，她剛剛無論是躺著、或是撐起身體坐起來時，觸感都不、不太對……這床墊裡沒有彈簧，而且凹凸不平……

「我剛剛撐著床時，好像壓到了……身體。」她邊說邊打了個哆嗦。

小小的身體，凹凸不平。

闕擎拉著她往外走，朝天花板大喝了一聲，「你們在床墊裡嗎？」

……叩。

距離遠，但那聲響幾乎就在正上方，一清二楚。

這讓厲心棠也詫異極了，「樓上還有什麼？」

「不知道，三樓門鎖著，我進不去，但他們會用叩門聲回答我，一聲是對，兩聲是錯。」闕擎拉她走出外面，厲心棠果然看見了剛剛的方桌已經被推到牆邊了。

闕擎拿出手機，準備叫蔡平昌過來收拾一下，但當他抬頭時，卻愣住了。

「幹、幹嘛啦！」厲心棠被他看得毛骨悚然，她回首看去，就看見房間跟應該有問題的床墊而已！「你看到什麼了？」

五個孩子，正坐在床墊上，好奇的望著他們。

「妳剛還看見什麼？婆婆跟大姑果然是共犯嗎？」闕擎沒忘記她剛甦醒時的話語。

「對！當年他們早知道楊萱玫綁架了孩子，把孩子藏在這裡的！剛剛她們攔下我，才在問我為什麼來這裡，你就把我拉出來了！」

剛剛他問了屋子就你們六個人嗎？叩叩，錯誤。

「孩子們現在就在床上，他們正看著我們，死狀很正常，沒有什麼外傷——」闕擎沉重的擰眉，「但這樣的話，上面回答我的是什麼？」

那一聲聲叩門聲，是誰？

「可能是她的大姑跟婆婆吧。」厲心棠下意識撫上頸子，「她們的樣子，跟之前遇到的吊死鬼是一樣的。」

第八章 七具屍體

封鎖線再度圍起，警方在二樓的房間床墊裡，找到了四具孩子的屍體，凶手把床墊挖空，把小孩子放進塑膠袋內，再用膠帶重重綑綁封死，塞進了床墊當中，最後床墊也用塑膠防水布鋪妥黏好，表面覆上床單。

另外一個孩子在一樓陽台的桶子裡，桶子是被水泥密封住。

事隔二十餘年，屍體泡在腐爛的液體中，早就難以辨識，只能先原封不動的抬走。儘管沒有親自下手，但負責清理屋子的大姑跟婆婆，還是放了大量芳香液掩蓋臭味，但人卻不敢住在這裡。

三樓破門而入後，嚇得幾個一般警員魂飛魄散，因爲一撞門進去直接就撲上了一雙腳——闕擎聽見的叩門聲，是源自吊死在上方的兩位女性，她們的腳剛好在門前，只要晃動時就能敲到門板，發出叩門的聲響。

兩個死者的確就是楊萱玫的大姑與婆婆，死亡時間不超過三天，這也間接佐證了爲什麼冰箱裡會有尚未過期的鮮奶；現場完全沒有掙扎跡證，正常人就算上吊也會掙扎個兩下，加上沒有踩踏物，怎麼看都不像是自殺。

蔡平昌帶著小隊前來，但處理非常不純熟，屍體一具一具抬出，數名警察嚇得屁滾尿流，不停的雙手合十祈禱，有人甚至才進屋就落荒而逃。

「居然能發現藏在這裡的屍體，你們眞的也很厲害。」蔡平昌走了過來，

「我們會盡快確認死者身分，是不是就是當年那些失蹤的孩子們。」

厲心棠站在二樓客廳旁的櫃子邊，她正看著放在上面的相框，可以看見這一家子的樣貌，包括那個楊萱玫跟她的丈夫、以及被燒死的孩子。

「隔壁的鄰居問了嗎？」闕擎上前，剛剛厲心棠提到她曾在某個被綁女孩身上，偷聽到了爭吵聲，所有人名都列了出來。

「兩邊鄰居都搬走了，最久的也才搬過來七年有餘了，以前鄰居的身分我會去查。」蔡平昌口語間盡顯無奈，「你最終想查什麼？」

「現在有一群小孩失蹤，你都不緊張的嗎？」厲心棠突然回眸，幽幽的問向蔡平昌。

他沒回答，但冰冷的眼神已經告訴了她答案：他還眞的不擔心。

因爲打從一開始，他的職責就是負責監視並收編闕擎。

「都是失蹤的孩子，各轄區都有警察會負責，其實像今天這個案例，我也不該跨區處理。」蔡平昌的話都是對著闕擎說的，意思是：我賣你面子，你最好快點決定。

「你接的是章警官的職務，就該知道他本來負責什麼的，這一屋子的鬼也要處理。」闕擎直接指向蔡平昌的身後，「小朋友，再等一下，這個叔叔會讓你們回家。」

話才說完，一屋子警察跟鑑識小組全都靜了下來，他們個個僵硬身子交換眼神，連蔡平昌都回首看著身後的方桌……空、空的啊!?

就在現場一片死寂的情況下，方桌旁一張紅色塑膠椅凳，冷不防地向後退了一公尺——「哇——」

門口的警察一馬當先往樓下狂奔，鑑識人員愣在現場來不及反應，蔡平昌瞪大眼睛看著那向後彈到牆邊再倒下的紅色椅凳，瞠目結舌的看著闕擎。

「要處理好喔，他們在這裡二十幾年了。」厲心棠看不見，但她感受到愉悅的氣氛，小孩子們都很興奮，惡作劇很開心的呢！

她硬穿過蔡平昌與闕擎的中間往外走去，順手把紅色椅凳給拾起，好整以暇的放回原位。

「我要鄰居的名字。」確定她往樓下走，闕擎朝蔡平昌低語。

剛剛聽完厲心棠訴說看見的一切後，他就覺得這個鄰居的線索也不能錯過。

「鄭海莉，這附近的老鄰居都知道她，是個瘋子，以前就常胡言亂語。」蔡平昌果然早問到了，「後來被家人送走，整家也都搬走了。」

精神病患者嗎？那他就有門路可以查找了。

「記得處理這邊的亡魂，還有幼稚園的，不懂的話就去問章警官。」闞擎也往外走去。

但蔡平昌卻突然伸手按住他的肩膀，提醒道：「只剩四天了。」

闞擎笑看著蔡平昌，「你們到底爲什麼有自信，覺得可以讓我屈服？」

「你會的，我們什麼事都做得出來。」蔡平昌劃起微笑，「我背後是政府，事關國家安全，不管我們做什麼，都能掩蓋——但你禁得起失去嗎？不只是你現有的一切，我們可以牽扯得更遠：你醫院的護理長、你在古明中學的盲人同學、同時也在你醫院裡當護理師，噢，還有上次有個老同學，曾去神經病院看你，叫吳翔新對吧？」

闞擎的眼神轉冷，「那叫精神療養院。」

他眞、的、很、想——呼，闔上雙眼，他迫使自己冷靜。

「本來就沒有擁有任何東西的人，也就不會害怕失去吧！」

他撂下了這麼一句話，從容的走了出去。

是嗎？那爲什麼剛剛蔡平昌唸到的每個名字時，都能讓他心驚膽顫！

樓梯間轉個彎，發現厲心棠正站在樓下仰首等著他，她帶著淺笑，雙眼依舊晶亮，總是用期待的眼神瞅著他。

「妳笑得有點過分詭異。」他蹙眉，太過開朗了。

「他找你麻煩了？」厲心棠再度勾住他的手，「有事可以隨時跟我說的，我們是你的後盾。」

「妳？」闕擎搖了搖頭，「眞的動起手來，妳還比我沒用耶！」

「哼，那可不一定！整個百鬼夜行都能是你的後盾！」厲心棠擠眉弄眼的，「要用點話術跟手段嘛，想想，拉彌亞他們都主動幫你看顧精神療養院了！」

是啊，那是因爲他們知道，平靜精神療養院裡有許多被惡魔附體的人類啊！不過厲心棠的話倒是給了他提醒，「百鬼夜行」不許干預人類的事務，但惡魔的可以對吧！

坐上車，警察正在用無線電確定是否能放他們離開，隔壁的女孩卻突然動手在他的音樂播放清單上忙碌起來。

「找什麼？」他握住她的手，阻止她亂玩他的音樂清單。

「我在找之前唐大姐賣給你的那個驅鬼音樂啊，你記得嗎？去找小狼幼時的孤兒院時，我們被一群鬼圍著動彈不得時，多虧那個音樂把他們嚇走！」厲心棠皺著眉，「你後來都沒有再用了，不然像剛剛或是前幾天在河邊廢屋時，放那個方便很多。」

闞擎略爲收緊了手上的力道，「那個用完了，而且很貴，我覺得沒必要！相同的錢可以買更多ＣＰ值高的法器。」

「哎！」被圈握得緊了，厲心棠皺了眉，「痛！好了好了！我不亂按就是了。」

闞擎這才意識到過度用力而鬆開手，同時警察比劃了手勢，讓他們離開。厲心棠在旁回顧著剛剛被拖進床墊的所見所聞，加上上吊的兩個人，她幾乎斷定楊萓玫就在附近。

「這附近還有她熟悉的地方嗎？再讓蔡警官查查吧！因爲她娘家已經沒人了，否則一個剛出獄的人，眞的除了老家很難有地方棲息吧！」

「我覺得，她現在不需要屋子了。」厲心棠一邊說，一邊拿出手機搜尋。

「不需要躲藏嗎？」

「沒有踩腳物，那兩個人是怎麼被吊上去的？眞的可以憑一己之力把人吊上去嗎？我看大姑跟婆婆體型都比她大很多吧！」

沒錯，闞擎記得那天在河邊廢屋的背影，是個非常瘦弱的身體。

「但用槓桿原理或許可以把人吊上去，至於踩腳物，桌子上再疊椅子也夠高，吊好後把桌椅撤走就好了。」闞擎提出了他的看法，是有點複雜，但楊萓玫這麼瘦小，是不可能一次就把人吊死的。

「不不不，你有注意到嗎？地板上有拖曳痕跡，像拖把拖過一樣！」厲心棠已經思考到別處去了，「尤其三樓最明顯。」

他眞沒留意到，蹙眉搖了搖頭，就連警方破門後，也只留意到腫脹的雙腳。

「雪女2號的事記得嗎？我懷疑那本惡魔咒術書，會根據施咒者的執念，讓他們化成相應的魍魎魑魅、也給予類似的力量，好讓他們完成自己的心願——」厲心棠聰慧的解釋，「楊萱玫所有的執念都在孩子，孩子被殺、希望召魂喚回，這跟拉彌亞一樣啊……」

「妳說的，好像她變成了另一個拉彌亞？」

拖行的痕跡，力大到可以輕易把大姑跟婆婆扛上鐵樑上吊，不需要任何踩踏物，再迅速的離開。

「拉彌亞的孩子被奪走殺死，她終其一生都是爲孩子瘋狂！所以她也這樣吃掉別人的孩子，而且被她吃掉的孩子，連靈魂都不存在……」

這不符合嗎？想要找回自己孩子的楊萱玫，不惜用無辜孩子的靈魂與軀體做交換。

「時間點要注意，這些都是她出獄後發生的事……食人鬼的事才多久，那本惡魔咒術書是長腳嗎？自己尋找下一個使用者？」

每一個使用那本書想達成願望的人，即使最後宣告失敗，但每一次他們都來不及把那本邪惡的咒術書搶過來。

「天曉得！搞不好就是會吸引不惜代價都想達到目的人！不過楊萱玫二十幾年前就做過了，當年她都是找跟米米同年紀的孩子，還嚴重到不挑男女耶！只要能附身都好！」

楊萱玫的確是位非常執著的母親，母愛是很偉大，但不該去傷害無辜的孩子與其他人，不過……她如果理性的話，也就不會發生這麼多事了。

「現在查不到人，但我老覺得那位鄰居似乎有關聯。」

厲心棠滑著手機，新聞又報出新的孩童失蹤案，這事情已經發酵，因爲所有家長開始串連，即使足跡遍佈全國，但眞的像是有人刻意到處綁架孩子啊！

「眞可怕，我有種覺得事情不會停下的預感……思子成瘋的拉彌亞，除了一再的吞噬小孩外，沒有什麼能治癒她的心。」厲心棠感覺心裡堵得慌，「當年是因爲叔叔撿到了我，拉彌亞才停止這樣吃人的！」

換言之，楊萱玫一天沒把她的孩子召喚回來，她便一天不會罷手！在那天到來之前，她便繼續創造無以計數，跟她一樣傷心欲絕的「拉彌亞」。

回到平靜精神療養院時，闕擎就接到了「百鬼夜行」被消防抽查必須暫時關店的訊息，蔡平昌真的是不遺餘力，但充其量也只能做這種小小警告！他很想建議他們試試看直接綁架厲心棠，這樣事情能解決得可以更快一點——他們被解決。

「闕先生，您回來了。」護理長一見到他，便神情嚴肅的上前。

看那表情，闕擎知道他這裡也開始了，「有人來找麻煩了？」

「又是抽查，這次要安檢的地方更細，每一層、連開刀房跟檢驗室都要。」她抽出一整疊文件，「官方送來的，而且就定在兩天後，我仔細查過不是假造的。」

「不會是假造的……」政府做事，百分之百是認真，「後天讓大家辛苦一點，配合一下。」

「五樓他們不能進去。」護理長擰眉，「我怕他們要抽查病房，或是個別詢問患者……」

「沒關係，到時五樓全面關閉，電梯設置不停，誰都進不去，就是得麻煩阿森了！這我等等親自去找他講。」闕擎一邊回應著，一邊翻閱著手邊的資料，「又得辛苦你們了。」

「不會，份內的事。」護理長已經在腦子裡盤算規劃了。

她送著闕擎一路到專屬電梯前，闕擎突然止步，看向了她，「最近有人找妳麻煩嗎？」

「嗄？」護理長一愣，「您是說患者們？他們大部分都在控制內，沒什麼大問題，這兩天只有一、兩個敏感型的不願意下床，一直說有大蛇會來。」

看來厲心棠推測的沒錯，那個楊萱玫變成了人身蛇尾嗎？

等待電梯下來，幾個清掃工人經過，闕擎多看了幾眼，總覺得最近不少生面孔。

「最近請了多少人？」

「好幾個，有些人長期待在這裡後，可能因為磁場改變，變得敏感或是看得見那、些，所以最近辭職的人不少。我們也一直在徵人，但現在護理師跟清潔人員依舊不足。」

「留意背景，還有在這裡工作的注意事項，都得提前說明了。」

「我明白。」

「好，辛苦了。」闕擎進入電梯，刷了他獨家的磁卡，按下了五樓，「對了，蘇珊，我們需要義大利肉醬麵了。」

護理長圓睜大眼，直到電梯門闔上前，她連一個字都吐不出來——義大利肉醬麵？

電梯抵達五樓，才剛出電梯，在電梯邊用餐的盲人護理師即刻泛出微笑，「闕擎。」

「嘿，吃飯啊！今天有什麼特別的嗎？」

「這幾天比較躁動，一直在說誰的孩子絕對回不來的事，多半都是瘋笑跟嘲弄。」

五樓，關著最特別的患者，他們體內不但有貨眞價實的惡魔，還是等級較高、也較爲殘虐的！只是很遺憾他們進入了一個能鎖住他們的軀體，不得離開，所以每天各種作怪，讓這些人瘋狂惹事、甚至殺人，最終被他以個人間關住。

五樓這批絕對都是唯恐天下不亂的傢伙，爲了怕他們蠱惑人心，一律採集中管理，每人都住個人房，由一位盲人護理師照料，一個不會被他們突然變化的可怕模樣嚇到，也不會陷入幻境的人。

更棒的是，這位護理師眼盲心明，也是看得見的人。

「有提到施咒或是什麼魔法的事嗎？」

「有，但都是在咒罵……說了咒語是錯的……」盲人護理師認眞思考了一下，「還有：半調子的拉彌亞，妳乾脆吞了妳自己的孩子算了！」

闕擎聞言心又沉了一半，把手裡的提袋擱到桌上，「辛苦了，我買了你最愛的冰。」

「喔喔喔，謝謝！」盲人護理師笑著，但不忘仰頭，「出什麼事了嗎？有什麼我可以幫忙的？」

唉，闕擎重重拍了拍老同學的肩，「你果然感覺到了，我們要叫義大利肉醬麵了。」

盲人護理師一顫身子，握著筷子的手變得很緊繃，嚥了口口水後點點頭。

「我明白了。」

盲人護理師以前跟闕擎曾是同學，在中學時被欺凌得很嚴重，後來闕擎協助他就學就業，最終來到了這兒管理最重要的患者。他們寒暄數句後，闕擎再度進入電梯，他的個人房間在七樓，但是，他刷磁卡後卻選擇了六樓。

六樓也有數間個人房，不似五樓的殘虐，但有部分是必須隔離、並保持安靜的區塊，還有許多患者都是被綁在床上，該層樓的護理師禮貌的朝他頷首，闕擎則右拐再左拐再右拐的，來到某間登記在案的病房。

這位是輕症患者，但因爲她常胡說八道影響到其他人，因此被關在了個人房，其實嚴格說起來是乖巧，只在自己的世界裡。

闞擎打開了門上的小窗，透過防彈玻璃看著裡面削瘦、盤腿坐著、面向牆壁，整個人以逆時針方向轉著圈的女人。

磅磅磅，闞擎敲著門，給對方一點提醒，但女人依舊以屁股爲定點轉著圈，一圈、又一圈。

「我們來聊聊吧，鄭海莉！」

第九章 步步進逼

無視於外面大排長龍的客人，警方認真且無敵細節的搜查了整間「百鬼夜行」，所有的消防設施都一一清查，亡魂能躲就躲，三樓以障眼法遮蓋成正常的辦公空間，孩子們也在結界裡舒適的待著。

「你們好老套喔，除了這招還有哪招？」坐在一樓的厲心棠毫不客氣，「上次那個程警官就用過了。」

「每個禮拜來一次，基本上你們生意就不必做了。」蔡平昌悠哉的回道。

「說得好像我們很缺一天的生意似的！」厲心棠直接笑了起來，「我們休一週也沒在怕的喔！」

蔡平昌無視於她的挑釁，眼神深沉，好似有千百個心機在裡頭轉著。

「我明白你們是依法做事，但一個月兩次消防安檢，是有點過分了。」拉彌亞筆直的站著，一絲笑容也無，「我還是希望大家互相尊重，不要越界。」

「也不是真的針對你們，可惜你們交到壞朋友，這沒辦法！」蔡平昌一點都不以爲意，「被連累只能算時運不濟，只要闞擎配合，大家就相安無事，不如你們多勸勸他吧！」

闞擎？拉彌亞立即看向坐在高腳椅上的厲心棠，她倒是一臉不悅。

「少拿我們來要脅闞擎，我們才不吃這一套！我不管你們想幹嘛，百鬼夜行沒在怕！」厲心棠哼的一聲高抬起下巴，「放馬過來吧！」

蔡平昌沒立即回應，比了手勢收隊，他們光明正大的從正門出去前，他再度停下腳步，回過了身。

「厲小姐，還是怕一下比較好。」蔡平昌一個警告般的頷首，從容的走了出去。

他的背後是整個國家，那個闕擎再有什麼奇怪能力，也無法與國家爲敵的。

「可惡！」厲心棠氣得跳下椅子，「那什麼態度啊！」

「棠棠！之前那個程元成不是死了嗎？這新貨是？」拉彌亞拉住了她，「這樣沒完沒了啊！」

「哎唷！拉彌亞，是他們主動招惹闕擎的！」厲心棠把闕擎的狀況都說了一遍，他有講的、沒講的，還有她猜的。

「我們是不必怕啦，但棠棠……妳是普通人喔！」雪姬擔憂的上前，「妳最近要不少出門？」

「他們能拿我怎麼樣？我沒犯法他們能抓我嗎？」厲心棠不爽的努了努嘴，「你們才要小心，不要不小心露出眞面目！我已經找到害死那群孩子的凶手了，那本書眼看著就能拿回，很難不出門！」

拉彌亞這邊正在吆喝準備開店，但也沒聽漏她的抱怨，「找到人了？」

「不算找到，但知道是誰、也確定了她也用了那本書裡的咒法，要把她枉死的孩子喚回來。」厲心棠接著簡單的說了楊萱玟的遭遇，現場至少就有兩位母親，聽了也只有心痛。

「雪姬，妳記得上次那個涂惟潔嗎？她的遭遇跟妳類似，死腦筋的緊守承諾，所以她變成了半調子雪女……然後，這位孩子被意外燒死的楊萱玟，不停的從他人手中奪走孩子，爲了讓自己孩子還魂——」厲心棠瞄向了拉彌亞，蹙了蹙眉。

拉彌亞平靜的凝視著她，「她變成了……我？」

「我看見蛇尾拖曳的痕跡了，我覺得很像……好吧，我眞的覺得是。」厲心棠有九成的把握，「失蹤案件裡，每個嬰孩都是在母親眼皮底下被偷走的，楊萱玟簡直在製造跟她一樣痛苦的人。」

「惡魔的東西果然都很有創意，能把正常人變成我……」拉彌亞及地的馬尾巴自然的晃動起來，「我的詛咒卻褪也褪不掉。」

而且她也無法讓自己的孩子還魂，她只是一直吃掉別人的孩子罷了。

一提起傷心事，雪姬立即朝厲心棠使眼色，別哪壺不開提哪壺啊！

「這——這就是惡魔啊！我們今天找到二十幾年前她殺的六個……五個孩子了，當年她找的還是幼稚園歲數的孩子，這次出獄後就變成更小的嬰幼兒了……這是想要從小養成嗎？」厲心棠倒是不解這邏輯，「但她如果得到了力量，變成人身蛇尾，我反而就覺得難找了。」

離開人群，離開監視器範圍，隨便一座山都能讓人找煩。

雪姬下意識的計算起在「百鬼夜行」裡的孩子亡魂，再聽到厲心棠找到五具屍體，所以算起來——

「那個媽媽已經殺了二十幾個孩子？但她都沒有成功嗎？」她開始覺得荒唐，「都這麼多個了，表示那召魂咒有問題啊！」

不只，厲心棠懶得解釋。

一個接一個的綁架、一個接一個的施咒而死，但別說有沒有召回她原本孩子的靈魂了，看起來連個路人甲的魂都沒召回來啊！

「沒用的，她不會在意的，她會一再的嘗試，直到把自己的孩子喚回來。」

一旁的拉彌亞，感同身受。

一同為難了其他母親幾世紀的她，比誰都瞭解楊萱玫的心聲吧！

依照普世價值，這樣的行為是令人髮指的，厲心棠也明白，但是不屬於人類的法則中，她不會對拉彌亞做任何批判。

「現在就是找到她、拿回那本書……如果她不願停止的話，也只好解決她了。」厲心棠是希望不要演變成這樣，但是基本上使用過那本書的人，最後都無力回天。

「她如果眞的變成蛇身，那不會曝露在一般人面前的，妳今天在哪裡找到她的？」拉彌亞今天倒是熱心。

「在T區，她婆婆老家那邊，但不能確定她是不是依舊待在那兒，只知道至少三天前還是在的，畢竟她婆婆的屍體死亡才三天左右……」厲心棠邊說，卻發現拉彌亞的臉色變得相當難看，「拉彌亞？怎麼了嗎？」

「那裡……附近也有個地方……」拉彌亞神情嚴肅的喃喃說著，「那邊不太安全，你們絕對不能過去。」

不太安全？厲心棠眨了眨眼，「有、有什麼在那裡嗎？」

拉彌亞沉重的點點頭，「那裡有非常多的怨魂，而且也有許多惡鬼棲息，總之是片陰邪之地，闕擎應該看得見吧？總之絕對不能往那邊去！」

厲心棠敷衍式的點著頭，她是不知道附近的山林是何屬性，但是如果是邪氣甚重的地方，是不是更適合使用惡魔術法的人躲藏？現在的楊萱玫已經是拉彌亞

2號了，不能把她當正常人看待了對吧！

「或者把她偷孩子的失蹤案地點標出來，預防她再有機會去偷孩子。」雪姬提出了另一種想法，「我看了新聞，孩子失蹤案已經全數冒出，父母人人自危，沒人敢讓孩子離開自己的眼皮子底下。」

「但她的靈魂應該已經被蠱惑侵蝕了，一切都干擾不了她，她只想要孩子回來，基本上入獄二十幾年，出來還繼續這麼做就知道她有多執著了。」厲心棠思及此有幾分感嘆，「有人為了孩子不惜墜入地獄，殺這麼多人也要喚回孩子，而我的母親卻生下我就把我丟垃圾箱了，差別眞是有夠大的！」

見著她用如此稀鬆平常的語氣說著殘酷話語，現場所有人只有一陣尷尬，拉彌亞趕緊上前，一把就抱過了她。

「妳不需要那種母親，我比她更愛妳。」她寵溺般的緊緊抱著她。

厲心棠泛起微笑，甜蜜的回擁，「我知道。」

不遠處吧台內的金髮美男看著這一切，腦子裡的警鐘拼命敲著，最近的拉彌亞努力得有點過分了。

「我永遠都在的。」拉彌亞吻了她的臉頰、她的額頭。

嗯！厲心棠用力的點頭，「我從未懷疑過！」

拉彌亞笑出幸福，但旋即打起精神，因為「百鬼夜行」準備開店，外頭排隊的客人都等得不耐煩了呢！

厲心棠也趕緊去做最後確認，到門口瞥了眼對面的街友們，這些天使眞的比員工還準時。

「等等客人會比較急，也有人會問發生什麼事，就說例行檢查就好了。」她交代著門口的兩個正太小吸血鬼，然後留意到站在門口的車禍鬼，「嘿！你在這裡做什麼？」

車禍鬼回頭，那壓扁的頭顱歪了歪，「我好像想起了什麼……」

「是嗎？很好啊，確定想起前要說一聲喔，至少做個職務交接。」厲心棠伸手拉他，因為他被撞得支離破碎，兩隻腳的韌帶都斷了，走起來格外辛苦，拖著他走比較快。

「那個……棠棠小姐，我發現一件事情耶！」車禍鬼突然不安的反抓住她的手。

嗯？厲心棠皺眉，附耳過去，車禍鬼喃喃說了一些話，她詫異的望向他，接著便不動聲色的讓他準備工作。

她到後廚去，先隨手整理了一包廚餘，出來時已經聽見了搖滾舞曲，店門已開，客人正陸續進來；她走到一樓最後面的小門口，那兒是他們每天倒垃圾的地方，後方是個極窄的小巷，放了兩台垃圾子母車，僅供「百鬼夜行」使用。

探頭張望，他們後巷完全沒有路燈，因為負責倒垃圾的都是鬼，他們真的不需要路燈！厲心棠打開手電筒，隨手扔了一包垃圾進去，突然抬頭往上看，一抹黑影飛快的消失，但是空中卻緩緩的落下了一枚黑羽。

厲心棠伸長了手準確握住了羽毛，是擁有黑翼的惡魔啊……

「無意打擾，但是我有事情想請教！」厲心棠打開了手機照片，「我想請教一下，這個魔法陣在惡魔世界是真實存在的嗎？」

她將手機向上，高舉向半空中，都有專人在此了，不請教未免太浪費了。

後巷死寂一片，但她知道對方一定在。

就這麼對峙了幾分鐘，厲心棠手都舉到痠了，只能失望的放下手機。

「百鬼夜行歡迎各位光臨，但請走正門，以客人身分來訪！但店的前方有幾個天使在盯著，各位叔叔阿姨也是得低調點。」厲心棠禮貌的說完，失落的轉身離開。

店裡最近為什麼這麼紅？正門那幾個天使都盯幾天了？現在後巷連惡魔都出現了？

音，『利維坦人呢？』

『那是獻祭的陣，跟召魂一點關係都沒有。』黑暗的空中傳來忽男忽女的聲

女人緊張的左顧右盼，牢牢握著嬰兒車，加快腳步朝家的方向走去，嬰兒車裡的孩子睡得正熟，她不時的往裡望，得看著孩子她才會心安。

「妳別搞得我也很緊張好嗎？」身邊的鄰居太太牽著孩子，緊繃的說，「我們走在一起，孩子在嬰兒車裡，會有什麼事嗎？」

「我看新聞說，有人的孩子也是放在嬰兒車裡，但一閃神孩子就不見了！」女人憂心忡忡的，「搞得我現在神經緊繃，要不是家裡沒人顧，我根本不敢帶他出來！」

「沒事的！路這麼大，燈又這樣亮，人車也不少……」說著，就有好幾輛車呼嘯而過，「而且就快到家了！」

最近新聞鬧得沸沸揚揚，她才知道全國已經失蹤二十幾個孩子了，年紀大部分都在一歲以內，目前全部下落不明，而且幾乎都是在父母眼前被抱走或搶走，

人多的地方便是趁父母玩手機或是閃神的瞬間，總之對方很快就隱匿到人群中隱藏了行蹤，即使警方調閱監視器，卻仍遲遲抓不到人。

最近的幾起更可怕，連在嬰兒車裡都能不見，甚至連是誰偷的都沒看見！

「媽媽！我想吃雞蛋糕！」鄰居牽著的孩子喊著，因爲他看見馬路對面有攤販。

「今天不行，回家就要吃飯了！」

「啊……我想吃啊！」孩子鬧著，鄰居太太也只能安撫。

突然間，她們身後傳來刺耳的煞車聲，嚇得人人都往後望去！看著剛剛駛過的黑色車主下了車，臉色比他們還難看的原地繞了一圈，兩手一攤。

「人呢？剛剛差點撞到一個人的啊！」

女人搖了搖頭，她們走在前方，不知道剛剛有誰吧，現在放眼望去，整條馬路上也沒什麼行人啊！

「走了走了！」鄰居太太催促著，沒撞到人都是好事。

女人在緊繃狀況下被這麼一嚇，就更緊張了，懸著一顆心趕緊要回家，只是正首才往前兩步，卻發現嬰兒車裡的孩子——不見了？

「咦？孩子呢？」她驚恐的抬頭，環顧四周，「小寶？小寶？」

鄰居往下一探，嬰兒車裡竟空空如也！但是現在前後左右完全沒有其他人，就算剛剛有人把孩子偷走，那人在哪裡？

「我的孩——我的孩子呢！」女人瘋狂的往路旁衝去，「把孩子還給我啊啊——」

還給我啊啊……隱約的，母親的聲音迴盪著。

但有道身影正疾速的遠離，她快到不像是人類，穿過了暗巷、樹叢，來到荒僻的路段，鑽進了小樹林、再進入大樹林，最後來到了一整片幽靜黑暗的沼澤地。

她雙腳不著地，因爲她根本沒有雙腳，女人有條如蟒蛇般的尾巴，她得以順利的移動著，比用雙腳快多了，蛇尾啪啪的掃著水面，沼澤裡有多隻手與眼潛藏著，都來不及攫獲那有勁的蛇尾。

女人緊緊抱著依舊熟睡中的孩子，穿過了沼澤地後，終於到達岩壁下方，斗折蛇行的向上爬去，直抵壁上山洞。

曾幾何時，無論泥濘髒濕、崎嶇不平都不再能影響她，她的蛇尾堅硬有力，可以支撐起數倍的力量，也不畏懼這些磨擦。

這裡是某區的小山林，山裡有已開發的步道，而這塊是未開發區，除了沼澤外，還有陡峭的岩壁，根本不會有人輕易涉足；距離地面十餘公尺處，有些生命力強的樹木生長著，背後隱藏著山洞，因為洞口有樹木遮擋並不明顯，但裡頭卻相當巨大。

女人抱著孩子，來到了洞穴中一處平坦的平地，角落躺著一個已被割斷頸子的屍體，地面則早已用該死者的鮮血，畫出了一個她閉著眼睛都能繪出的魔法陣了。

「嗯……」孩子突然醒了，睡眼惺忪的望著她，然後卻露出天使般的笑容。

「嗨！」她笑了起來，親吻了孩子白嫩的臉龐，「眞是好孩子！」

肥肥的小手舞動著，女人好整以暇的把孩子放到法陣中央，她迅速的點燃法陣周圍擺放的蠟燭。

「一點點痛，沒事的，你忍一下！」女人挪到中間，輕柔的安撫著嬰兒，手上卻已握著沾滿血跡的刀子，「等等妳就會是我的米米了，媽媽在等妳喔！快回來吧！」

她一邊說著，一邊殘忍的在那小小的手腕內部，割出了十字。

伴隨著嬰孩悽厲的啼哭聲，咒語開始唸出，她已經倒背如流了，她到一旁等待著她的孩子歸來、能睜開眼睛，對著她喊出一聲：「媽咪。」

隨著嬰孩哭聲漸弱，蠟燭燭火劇烈搖晃，她再次看見有陣青霧從法陣匯集，那是靈魂對吧！它從嬰兒的十字傷口及七孔中鑽了進去……小小的嬰孩開始抽搐，女人緊揪著一顆心。

醒來！醒來！拜託這次要成功，讓米米回來！

蠟燭熄滅了，嬰孩不再哭泣，但是她期待的睜眼或是呼喚都沒有出現。

「米米，我是媽咪。」她虛弱的在法陣外呼喚，「米米？」

米米……米米……回應她的，是這個洞穴裡傳來的回音。

爲什麼？女人打開手電筒，婀娜的移到法陣內，法陣中間的嬰兒全身已僵硬成青紫色，他的眼眶全白，小嘴微張，已經斷了氣。

「爲什麼……」楊萱玫痛苦的哭了起來，「爲什麼妳沒回來！米米，是媽媽啊！」

是媽媽啊啊啊啊……悲痛的回音打到她身上，洞穴裡突然充滿悲傷，她不懂啊！每一次她都覺得一切都很完美，每一次她都可以看見有靈魂鑽進了軀體裡，但爲什麼米米就是回不來！

她試了這麼多具身體，眞的就沒有一個能讓米米依憑嗎？

而且書上明明寫了，即使是不同的孩子，連外貌都能變成米米，這樣其實什麼樣的身體根本不重要，可是爲什麼靈魂進入後，不但米米沒回來，連這孩子都沒有辦法活下去？

「我一定是哪裡弄錯了，我究竟哪裡弄錯了？」楊萱玫崩潰的喊著，「我的孩子啊啊啊……」

她抱起死去的嬰孩痛哭失聲，死了這麼多人，她也已經變成這樣了，卻完全喚不回她的寶貝、那個無辜被燒死的孩子！

楊萱玫覺得腦袋嗡嗡作響，她不知道是不是因爲太久沒睡的關係，好累！她忘記上次睡覺是什麼時候了，因爲她不再感覺到餓，眼睛也閉不上了……她不知道原因，但是她就是再也無法眨眼。

她二十四小時都醒著，所以會一直重覆看見米米燒焦的屍體，那具面目全非的人形木碳，還會聽見幽遠的哭聲，哭喊著媽咪、媽咪，那是米米的聲音！是媽咪無用，妳一直等待著，媽咪卻無法把妳喚回來！

楊萱玫不理解自己哪裡做錯了，她到一旁的石頭縫中取出一本皮革封面的小本子，輕易的翻到了她要的頁面，她檢討過無數次了，法陣的每一筆畫都沒錯，咒語也沒唸錯，需要一個祭品、以鮮血繪陣，再來是需要一個供附身的身體。

「到底哪裡錯了？我的小斑鳩？」楊萱玫失神的自問自答，爲什麼？

沙沙沙……清楚的拖沙聲傳來，楊萱玫陡然一顫身子，她慌張的把本子藏回石縫裡，但才剛塞進去，黑暗中就有一股力量掃來，瞬間把楊萱玫打飛至少十公尺外！

她由下而上，重重的撞上了洞穴頂部，再度狠狠摔下，臉上身上處處是傷，但她沒有死，而是極爲恐懼的趕緊爬起來，用未斷的左手撐起身體，嚇得躲縮到一旁！

「我說過這裡不允許出現惡魔的東西，妳竟敢把那東西藏在這裡！」盛怒的聲音傳來，低沉的迴盪著，楊萱玫嚇得伏低了身子。

「對不起，對不……」她邊說，突然吐出了一大口血！「我一定把它處理掉，我、我怕記不清，因爲剛剛我孩子又沒回來！」

人影終於在黑暗中出現，藉由蠟燭的燭光，來人瞥了眼地上的兩具屍體，露出了嫌惡的神色。

「我的洞穴裡不允許出現屍體，盡快解決掉，別弄髒這裡！」

「是……是……」楊萱玫抬頭看著來人，傷心得情難自己，她抹去嘴上臉上的血，緩緩挪向了來人，「我哪裡錯了？請告訴我，我哪一步做錯了？」

她以顫抖的手抱住了對方的雙腳，卑微的請求一個答案。

「百鬼夜行的店規是不允許干涉人類事務，我的確不知道失敗的原因，但即使我知道了，也不可能告訴妳。」楊萱玫抱住的腳，一秒鐘又成了超級巨大的蛇尾，「妳這仿冒的傢伙，快點把那具屍體給我挪出洞穴外！」

藉著蠟燭的光，楊萱玫看著那藍綠色的蛇尾上有著星芒流動，對比她這瘦小又黑的小蛇尾，真的是小巫見大巫！戰戰兢兢的抬頭，看著對方拎起了剛死去的嬰兒，細細端詳後，喀骱一口吞下！

而楊萱玫只能謙卑恭謹的低首：「是的，拉彌亞。」

早晨七點半，世界開始活躍，學生與上班族陸續出門，一日即將開始——除了首都知名的夜店街外。

寧靜街一片安靜，所有夜店都在六點前關店，就連開最晚的「百鬼夜行」也在早上六點關上大門；寧靜街沒有任何住家，全都是夜店，因此這個時間，是寧靜街最安靜的時刻。

幾輛車子悄悄的停在了「百鬼夜行」門口，幾個男人迅速下車，他們都穿著黑色外套與鴨舌帽，口罩戴得很緊，一下車就往旁邊的小巷去，而載他們的車子，也是立刻駛離。

兩個人影一路抵達「百鬼夜行」的後巷，垃圾子母車雖有加蓋，依然有著垃圾臭味，來人手提著再明顯不過的汽油桶，直接朝著垃圾車裡澆灌，另一個則循著後門口與整棟建築物外圍，淋出了一整道汽油線。

澆淋完畢，兩人對視後頷首，即刻拿出打火機，就著地面點燃了——嚓嚓，點不著？

咦？男人狐疑的看著自己手上全新的打火機，但怎樣就是打不著火，隔壁的夥伴忍不住了也掏出自己的打火機，不過情況如出一轍，連一點火星也沒有。

正努力著，卻突然發現汽油的倒影，映出了一雙腳！

喝！他們倏地抬起頭，卻看見一個支離破碎、雙腳斷裂成不規則扭轉，四肢被扯開、頭顱被壓扁導致五官凸出的人，站在他們面前。

『有……事……嗎？』車禍鬼吃力的問著，全身的血接著不停的滴落。

滴答滴答，就落在了他們剛潑灑的汽油上！

兩個男人都傻了，眼前的人怎麼可能是、是、是人呢！他們摀著嘴回身就要跑，卻迎面撞上了一顆騰在半空中的頭顱！女人的頭顱有著極長的頸子，正不解又生氣的瞪著他們！

「你們想放火燒死我們嗎？」

「哇啊啊——」白日見鬼是第一次，不！他們壓根兒沒想過會遇到這種東西！

爭先恐後的欲衝出巷子，一道身影驀地出現，他們不可思議的瞧見了自己的分身，來不及反應，就看見來人的大嘴一張，撐到幾乎可以吞掉他們——喀Ks！

「阿天，吃相好一點啊，血濺得到處都是！」長頸鬼抱怨著，頸子縮回二樓的窗邊去。

車禍鬼拖著其實無法行走的腳過來，手裡已經握著拖把了，巷口的男人舔舔嘴，一臉滿足的衝著他笑。

「辛苦了！謝謝！」他瞇起眼，一轉眼又化成蘿莉女孩，踏著可愛的步伐，蹦蹦跳跳的穿牆而入。

車禍鬼沒吭聲，吃力的拖地，瞥向牆上的鮮血，趕緊從圍裙上取下抹布，努力的擦拭乾淨……這裡不是店內，應該不算壞了規矩吧！

而五十公尺外的路邊，車內的人正嚴肅的從後照鏡看著現在應該要冒出火花的「百鬼夜行」。

「怎麼回事？聯繫他們？」

「聯繫不上啊！」前座的人回應著，「也一直沒看到他們出來！」

組長嘖了一聲，「走！立刻離開！叫他們終止任務，回隊報到！」

下屬聞言即刻開車離去，組長拿起了手機，嚴肅擔憂的一邊回頭，一邊打電話往上報告。

「報告，失敗了。」

電話那頭頓了幾秒，深怕自己沒聽清楚，「失敗了？什麼叫失敗了？只是放個火……」

「報告，不知道爲什麼火沒燒起來，而且派去的人也沒有出現！」

「撤。」

電話即刻掛斷，遠在寧靜街與大路口的黑車中，坐著不可思議的蔡平昌！他看著他派去的車子從寧靜街駛出後左轉而去，再望向寧靜街尾的「百鬼夜行」，毫無黑煙！

他們知道「百鬼夜行」的員工是住在這裡的，所以交代只燒後門給個警告，讓他們可從前門逃跑，但是……怎麼會連燒都沒燒起來!?

「該死！」他使勁搥下前座皮椅，他剛剛都已經發訊息給闕擎，告訴他「百鬼夜行」即將被火舌吞噬了，結果現在連道煙都沒有！

「警官，我記得……章警官說過，別動百鬼夜行。」下屬認眞交接過，語重心長。

「我們的目標是闕擎。」蔡平昌深吸了一口氣，「瞻前顧後是完成不了大事的！」

下屬不再說話，只是覺得章警官這麼交代，應該有他的道理，畢竟他可是專門處理「特殊案件」的專家啊！

「走！」蔡平昌下令。

沒關係，闕擎的弱點這麼多，今天燒不成一棟屋子，難道還對付不了人嗎？

第十章 施咒者

「欣賞吧，那間夜店已經在火舌中了。」

「啊……」闕擎又打了個呵欠，看著手機裡的簡訊，帶著冷笑的用滾燙的熱水沖了杯咖啡，悠哉悠哉的坐在桌前，電腦螢幕顯示著本日新聞，並沒有任何火災消息。

不意外，傻了嗎？想對「百鬼夜行」縱火？他尊重佩服。

不過這件事倒是讓他更明白國安局的人會做到什麼地步，有整個政府跟司法當後盾，他們絕對可以爲所欲爲，燒掉區區一間夜店算不了什麼，未來更過分的事都有可能。

他總會想起被一槍爆頭的程元成，爲國服務的他，必要時一樣立刻解決，也沒有聽說他家人有什麼意見，不知道用了什麼藉口，搞不好還把鍋推到他身上，說他因公殉職，被闕姓目標所害。

殺掉同僚都敢了，他們爲了逼他就範，只怕就沒有不敢做的事。

這情況他童年遭遇過了，只是沒料到這個國家居然這麼看重他，想想普通人的一生能這麼有價值也算值得了！

桌邊擺著那條從楊萱玫身上搶下來的項鍊，他始終沒跟厲心棠提，昨天在命案現場的全家福照中，隱約的瞧見楊萱玫身上的確戴著項鍊，但都沒有露出鍊墜部分，不過材質顏色應該是同一條沒錯。

在查清楚前，他不打算告訴厲心棠項鍊的事。

打開地圖，開啓衛星搜尋昨天命案現場附近的地區，昨天一到那兒他就隱約猜到楊萱玫可能的藏身之處；T區在他剛來這個國家沒幾年時就知道了，因爲那兒有一大片濕地沼澤，裡頭沉了太多的怨魂。

在他眼裡，那一片溼地果然漆黑深沉，他嘆口氣，一口氣喝完咖啡，抓起項鍊，事情還是要速戰速決的好。

電梯抵達一樓，護理長已經在那兒等他了。

「闕先生早。」她目光炯炯的看著他，「義大利肉醬麵已經快準備好了。」

「好，麻煩各位了。」闕擎看向背後的整個團隊，「我有事要離開，等等唐家兩姐弟會過來跟你們討論用餐的事。」

幾個醫護人員有點錯愕，「您不陪我們……」

「我離開才是對的。」闕擎搭上護理長的肩頭，加重了力量，「我知道很累，短期內發生太多這樣的事了，所以我想一次解決。」

感受到肩頭的力道與闕擎的沉重，護理長只是回以笑容。

「我們都明白！請放心去做您的事，剩下的我們會處理。」

她的老闆是神祕的，她也不是傻子，知道這間精神療養院、知道老闆都不是單純的人，但她無所謂，因爲在這裡絕大部分的醫護人員，都是被老闆救贖的人。

這間精神療養院，開啓了他們新的人生，所以每個人都會盡心盡力。

闕擎沒有太多反應，從容的離開，初春雪剛融，氣候反而比冬日更寒冷，精神療養院對面的銀杏林早是枯枝一片，但也頗有淒涼之美；開車前他決定告訴蔡平昌答案：

「別想威脅我，不要打擾我的生活，我不會爲任何人辦事，永遠不會。」

驅車離開，今天沒有要去接厲心棠，因爲他想獨自去會會那位楊萱玫。

他想問問，爲什麼厲心棠會有條跟她一樣的項鍊？

半透光的簾子過濾了大部分的陽光，今天天氣陰暗，所以房裡過午還是略顯昏暗，拉彌亞坐在床沿，平靜的等待電子鐘跳到了十二點，俯下身子，輕柔的搭上熟睡女孩的肩頭。

「棠棠，起床囉！」

「嗯……」抱著被子的女孩皺著眉，懶洋洋的應著，一邊又往被子裡埋深了點。

「棠棠，很晚了，該起床了。」拉彌亞附耳在旁，說話輕柔不已，手還輕拍著厲心棠的手臂。

「嗯……」厲心棠轉醒，她伸了個懶腰，睜開惺忪雙眼——「咦？」

她倏而轉過去，狐疑的瞅著在上方的女人。

拉彌亞雙手撐在她身體兩側，正笑著看她。

「瞌睡蟲！太陽眞的曬屁股了！」拉彌亞寵溺般的以食指尖輕掃了她的鼻頭，「起床了，我做早餐給妳吃。」

厲心棠抓著被子半坐起身，「拉彌亞？妳怎麼跑來了？」

「我不來叫妳，妳幾點才要起來？」拉彌亞起身朝房門外走去，「我還得過來打掃一下，不然等老大回來掃嗎？」

「噢……謝謝。」厲心棠呆呆的看著出去的她，眉頭微蹙。

拉彌亞到這個家來不是什麼特別的事，但她怎麼可以隨便進她的房間啊！連叔叔跟雅姐他們都很久很久不曾擅自進她的房間了！這是隱私問題啊！

從店裡到家的通道出口是她衣櫃，但那是專屬她的通道，拉彌亞他們有別條通道的，所以她不可能出現在她房間！

當然爲這種小事跟拉彌亞吵也有點奇怪，畢竟拉彌亞也是除了養父母外，跟她最親近、最照顧她的人……可能只是一時叫不醒她吧！厲心棠只能這樣安慰自己，她趕緊洗漱，換了身衣服，再拿起手機查看。

闕擎沒找她啊……他現在對她連做樣子都沒了，明明就有智慧型手機，就是不給她社群帳號，也不回她訊息，眞的是很討厭的傢伙！

「哇塞，好香喔！」一出房門，滿室都是食物香氣，「妳做什麼好吃的啊？拉彌亞！」

「妳最喜歡的煎餅！」拉彌亞正在廚房忙碌，回眸時笑得極美。

厲心棠到一旁拿過早煮好的咖啡，爲拉彌亞跟自己斟上，開心靠近，「早餐有人做好的感覺好爽喔！」

「說得好像雅姐都不會幫妳做似的！」拉彌亞輕鬆一翻鍋，鍋裡的煎餅拋出漂亮的金黃色。

「科科，妳認眞的嗎？雅姐做飯？」厲心棠想到還會怕，「比起來叔叔都是廚神了。」

一邊的爐上是煎餅，另一邊是燙青菜跟煎蛋，不一會，營養滿分又色彩繽紛的早餐盛盤，拉彌亞端上了中島，兩個人愉快的面對面坐著。

厲心棠自然是幸福的大快朵頤，但還是不免多瞄了拉彌亞幾眼。

「怎麼？不好吃嗎？」拉彌亞留意到她的視線。

「不是……呃，發生了什麼事了嗎？」她小心的問，「今天怎麼突然這麼好，又來叫醒我又煮早餐給我吃的？」

拉彌亞有一絲失落，「要發生事情才能對妳這麼好嗎？以前妳小時候我也很常做早餐給妳吃啊！」

厲心棠尷尬的笑笑，「也對……很久了吧，小時候……」

成年後，她要求出去打工，不希望一輩子的生活環境只有「百鬼夜行」；出去後各種歷練，她也的確獨立許多，家務也能自己處理，叔叔也只是偶爾幫她，其他時候不是買外面，就是回店裡讓餓死鬼做給她吃，總之……她長大了。

「我一直很想這樣的，每天叫妳起床，照顧妳。」今天的拉彌亞散發著一股溫暖的光芒，「煮飯給妳吃，看著妳吃得開心，我就很幸福。」

「好吃！拉彌亞煮飯最好吃了！」這是肺腑之言，要不是店裡有一個餓死鬼，她一定都吃垃圾食物長大！

「快吃吧！吃完帶妳去一個地方。」

喔喔，來了！厲心棠眨了眨眼，這才是拉彌亞的目的吧？「哪裡？」

拉彌亞笑著搖頭，「妳不是想找那個拉彌亞2號在哪裡嗎？我說過，我應該知道她在哪裡。」

咦！厲心棠雙眼發亮，即刻狼吞虎嚥的吃著煎餅，語焉不詳唸著，「那個危險的地方嗎？我來跟闕擎說！」

「不行找闕擎！」拉彌亞當即握住她的手腕，阻止她打電話，「我沒有支持你們在一起，店裡現在才剛被找麻煩，我希望妳暫時離他遠一點！」

唔……厲心棠眉頭都揪起來了，不、不找闕擎……

「跟我去比跟闕擎去可靠吧，他的確有都市傳說的力量，但終究也只是個普通人——再說，這件事是妳要查的，闕擎每次都是被妳拖著走對吧！」拉彌亞說的話，讓厲心棠毫無反駁之力，「他現在分身乏術，妳該多體諒他的。」

厲心棠咬了咬唇，有點不甘心還是點頭了。

「我知道，那個蔡平昌在找他麻煩，他也很不願意給店裡帶來困擾，我的確不該一直影響他！」呼，她同意得還是很勉強，「跟拉彌亞去我沒什麼不放心的，但是——妳不能插手人類事務啊！」

「如果對方已經不算人類呢？」拉彌亞挑了眉。

實施惡魔之咒的人，還能算人類嗎？厲心棠腦子轉著這問題，上次古明中學的老師變成雪女2號時，她究竟屬於人類？還是妖怪？不過那個老師沒有死，也稱不上鬼啊！

她突然發現一個很糟的問題，試圖利用那本惡魔咒術書達成願望的人，是不是把自己變成人不人鬼不鬼妖不妖的狀態了？那被他們殺掉後，那些人的靈魂還能存在嗎？

早餐吃完，拉彌亞主動說要洗碗盤，讓厲心棠去準備要帶的東西，她回到房間收拾一下，老實說，這種被照顧的生活眞的挺好的，雖說以前就是這樣，但是，拉彌亞的感覺更像是……

媽媽。

由她帶著拉彌亞穿過衣櫃，便回到了「百鬼夜行」的三樓小方間，才剛走出，就聽見雪姬跟阿天在爭執。

「我已經在店外、店外了！別跟我鬧好嗎？」阿天還是一副小蘿莉樣，「店規是店內不得殺戮啊！」

「但連德古拉都不會在後巷吃人啊！」

「我願意的嗎？他們要縱火燒店耶！」阿天氣呼呼的雙手插腰，「難道讓他們燒？」

厲心棠一怔，瞪圓了雙眼，倏地回頭看向拉彌亞。

「沒事的，清晨有人到後巷縱火要燒店，亡靈們先感應到，便把他們嚇跑，不過……阿天一口吞了他們。」拉彌亞擰著眉走向他們，「在店外應該不算大事，如果眞的違規，老大早就出現了。」

「他出現我也不怕，我可是天邪鬼！」阿天哼的一聲，轉身進入孩子亡魂的房間。

「縱火也太超過了吧！對我們店裡有這麼大的仇恨？」厲心棠簡直不敢相信，還白日縱火，「要不是我們店本質特殊，豈不是就燒死了？」

「他們只在後門縱火，前門都沒動，警告意味居多！是車禍鬼最先發現的，他說是熟悉的車子。」拉彌亞意有所指，「是那些警察。」

厲心棠頓時明白，是衝著闕擎來的。

「他們不惜燒我們的店，就爲了逼闕擎就範嗎？」厲心棠暗暗握拳，這樣子，現在的闕擎應該正承受更大的危機啊！

「那個新來的到底是想要什麼？不惜縱火有點扯了！」連雪姬都不解。

「闕擎不跟我說，他想自己解決吧，但是……他能嗎？」厲心棠憂心的轉向拉彌亞，「拉彌亞，我知道妳不喜歡闕擎，不必幫他沒關係，但是他的精神療養院——」

「狼人這幾天有事，他必須回他的老家去，我們只能盡量——但妳看，雪姬必須照顧孩子們，亡靈進不去都是結界的精神療養院——」拉彌亞望著她，「我現在要帶妳去找另一個地方……」

阿天看心情、德古拉白天還在睡、長頸鬼不能指望，厲心棠在內心早就盤算了一遍。

「走吧，去找那個楊萱玫。」厲心棠只猶豫了兩秒，「闕擎自己能解決自己的事，我只想快點停掉殺嬰的循環。」

還有那本書。

拉彌亞滿意的泛起微笑，棠棠就是棠棠，不愧是在「百鬼夜行」長大的孩子，永遠知道孰輕孰重。

「你們要外出？去哪裡？」雪姬有點哀怨的問，因為她都只能在家顧孩子。

不過之前首都冰凍的事鬧得太大，拉彌亞也懷疑來監視的天使是為了她之前的失控來的，所以雪姬也不太敢貿然出門。

「我們要去找那個拉彌亞2號！」厲心棠拜託著雪姬，「孩子們繼續託妳照顧囉！」

拉彌亞2號？雪姬聽得又是一臉不悅。

「那本書要害死多少人？爲什麼大家都想利用邪魔歪道去成全自己的心願！」身爲受害者的雪姬，絕對的感同身受。

幾百年前，她就是因爲丈夫的貪婪，導致她活埋在雪山，才成爲鬼、進而化爲雪女的。

「這就是人啊！」厲心棠無奈的笑笑，「說不定某一天我也會這樣呢！所以我想趕快把它拿回來。」

「老大不幫忙嗎？」長頸鬼覺得很怪，那東西應該是屬於惡魔的吧？

厲心棠搖了搖頭，「干預同族好像就更過分了點！我來處理就好，而且我不想再有更多的嬰兒死掉了！」

況且，他們店前有天使監視、店後有惡魔盯梢，這模樣就是在等著叔叔他們回到店裡的吧！完全守株待兔模式！

雪姬一路送他們出門，低聲問著要去哪裡？晚上回不回來開店？拉彌亞敷衍的說盡量趕回，不行的話讓雪姬坐陣，阿天得下樓幫忙，還有德古拉在，倒不必憂心，照常開店便是。

關上側門的鐵門，雪姬目送著他們遠去，腦子裡還在盤旋著他們要去的地方，T區、沼澤地帶，拉彌亞2號可能潛伏之地？她爲什麼覺得心口有點悶悶的？好像有什麼事不對勁啊！

「拉彌亞，可以再要一箱養樂多嗎？」小蘿莉蹦蹦跳跳的從後面走出來。

「我怎麼覺得不太對啊……」雪姬咬著指甲踅回店裡，「爲什麼拉彌亞突然要帶棠棠出去？她不是一直都反對棠棠管人類的事嗎？」

「我想喝養樂多。」小蘿莉沒有在聽她說什麼。

「德古拉還在睡嗎？」

嗯？阿天歪著頭，嘴裡還咬著棒棒糖，「才一點耶，他才剛入睡沒多久！妳幹嘛一臉煩躁啦，我想喝養樂多。」

T區的沼澤地，可能是那個拉彌亞2號躲藏的地方，有點太過巧合了……因爲——拉彌亞的巢穴就在那裡啊！

黑髮男子坐在便利商店裡的小桌邊，邊上擱著飲料，眉頭深鎖的看著手機裡的訊息，附近幾個高中少女正偷偷瞄他，很大聲的悄悄話說著那個看起來極具高貴感、像二次元走出來的男人，但因爲外表看上去冷若冰霜，她們也不敢亂上前，只能興奮的吱吱喳喳。

電動門開啓，一個女孩輕快的走了進來，一屁股直接坐到了他對面。

「哈囉兒！」女孩拿下帽子，「約女孩在這裡吃飯，很寒酸耶！」

闞擎抬首，挑了挑眉，「我沒有要約妳吃飯，了不起喝個飲料。」邊說，他把早買好的罐裝柳橙汁推到她面前。

「你態度好差喔！這一點都不像是有求於人的態度！」她嘖了好大一聲，「我先問，章警官跑到哪邊去了你知道嗎？我找不到他了！」

「調職，我也不清楚現任單位，你們又惹上什麼事要找他嗎？現在接任的是一位蔡警官。」

「我知道啊，見過了，很討人厭。」她說得稀鬆平常，聳了聳肩，「我一看到他就不想說話了！我只是有禮物要給章警官而已。」

闞擎點點頭，深有同感，很討人厭，「那個很討人厭的人的下屬，正在外面監視著我們。」

女孩一聽，即刻往外看去，甚至還站起來，再明顯不過的張望著外頭停著的車子，然後多角度招手打招呼。

她奇怪也不是第一天的事了，背對著落地窗的闕擎一點都不以爲意！打完招乎，汪聿芃滿意的回身坐回座位，但是在經過闕擎身邊時，她明確的藉由他身體的阻擋，朝他扔下了紙條。

闕擎不動聲色也沒拾撿，就讓紙條躺在他雙腿上。

「你想問的我其實很難告訴你，我只是把我會的事情，認眞練習、努力發揮到最大値而已。」汪聿芃坐回位子上，一臉理所當然，「我就是很能跑，跑得非常快，才能逃出禁后的循環。」

「說得眞輕鬆，妳若不是都市傳說的一員，也不能跑得出去。」

「我是這樣想的，我是普通人啊，只是剛好跟都市傳說能連結，有著那樣的能力……雖然我不是很喜歡，但這就是我。」汪聿芃二度聳肩，「你要擁抱你擁有的！」

闕擎挑了挑眉，一抹冷笑，「喔，這點妳倒不必擔心，我擁抱得非常好。」

「加強啊，開發各種不可能，試試看自己能做到什麼地步。」汪聿芃眨了眨眼，「都市傳說有趣的地方，就在於無限可能。」

「但它不能阻止我看不見鬼，也不能阻止我被惡鬼襲擊。」

「那不是你自身能決定的，這要求太多了！但你可以加強練習，我跟童子軍都跟著學長姐練習格鬥、跆拳道跟健身呢！還有你得去找些更厲害的法器，惡鬼那種還是得靠神的力量，但你有辦法阻擋跟反擊，就能讓戰鬥力加倍！」

她說得眉飛色舞，依照她的神經邏輯，那些惡鬼只怕她也是用奇特的角度去看待他們了。

他緩緩點頭，今天算是聽君一席話，如聽一席話，因爲他沒有找到可以加乘抵禦的辦法，最終還是得面對那些亡魂。

那片沼澤裡沉了太多屍體，許多無名屍被扔在那兒，或仇殺或情殺，不情願的太多，地點也極爲陰森，總之，那兒就是個至邪之地！他想去找那位蛇化的母親，還得先過那關。

「你要小心點，關心你的人很多喔！」汪聿芃突然話中有話的說著，「能信任的人非常有限。」

闕擎眼神轉爲深沉，以眨眼代替頷首。

「不只是醫院，你認識的所有人，可能都會受到影響……噢，我們可能比較沒事，因爲跟你不熟。」汪聿芃轉了轉眼珠子，突然逕自笑了起來，「好險跟你不熟！」

「我謝謝妳。」闕擎真是無奈，這女孩真的很特殊。

「就這樣吧，我幫不上什麼忙！」她邊說，食指在桌面敲呀敲，意思是：紙條。

「謝謝！」闕擎趁起身時，巧妙的拿起紙條，「走吧！」

他們一同離開便利商店，汪聿芃還在騎樓下轉了兩圈，朝右邊行了個禮，闕擎很想告訴她監視車在左邊，但想想還是算了，她高興就好。

兩人道別，闕擎重新坐入車裡，直接駛向T區的沼澤地，這件事越早處理越好，必須在天黑之前離開那邊。

右手的紙條緩緩打開，裡面是熟悉的章警官的字跡：

為了得到你，他們得到的許可是不擇手段，用幾條人命換你的首肯都是值得的，千萬小心。

嗯，闕擎揉掉紙條，瞥著後照鏡映出的跟監車子。

真巧，他也是這麼認為，用幾條人命換他的自由，都是值得的。

就是不知道，是誰該小心。

陽光自葉縫中灑下，照得上坡的山路一片金黃，闞擎踩著微濕的山路上，兩旁的樹林裡積雪已融化大半，看來春天是眞的快來了。

路上幾乎都沒有人煙，因爲現在都已經過中午了，眞的健行者都是早早出發，中午即返，很少有人這麼晚過來；在進來前又聽說有人的孩子被搶了，可怕的這次孩子是抱在手中的，依然被奪走，新聞裡母親被嚇得語無倫次，不停的說著：嫌犯是條蛇。

那他推測的沒錯，果然是這裡。

這座山不高，樹木蓊鬱，還是原生狀，也有開闢了健行步道，只要在步道上都是沒問題的；更深處除了密林外，也沒開放步道，尤其那裡多半是沼澤，一般人是根本不會踏足。

但正因爲如此，那兒成了一個非常好「扔東西」的場所。

闞擎在步道上疾走，盤算著從哪兒進入沼澤區最快，他是怕林間土壤因爲積雪剛融，容易泥濘一片，又怕走錯了路、難走又到不了。

「給我點線索吧……」他很想靜下心，怎麼放眼望去都是平靜的山林，這會還沒看到陰影呢？

此時，迎面走來三五個健行者，大家習慣的會朝對方打招呼，闕擎也頷首回禮，這時果然大家都下山了……腳步聲遠去，但他的背後有組步伐停下了。

闕擎已經感覺到背脊發涼，但他盡可能裝沒事般的往前走，那組足音果然跟上他了。

『嗨，嗨！您好。』女人沙啞的說著，縮短了與闕擎間的距離。

仔細回想，剛剛擦身而過的那隊人，落在最後的紅衣女人的確距他們有段距離，身上的衣服較髒，低垂著頭，他忽略了。

『您好啊！我跟你打招呼，你怎麼不回我呢？』聲音突然就在他身後了！

闕擎邁開大步，試圖甩開對方，但後方的足音也開始變成奔跑。

『嗨嗨嗨！你要跟我打招呼的！你好你好你好！』

這聲音近到已經在耳邊了，闕擎沒敢轉頭，跑！他不假思索的跑了起來！

『你要跟我說好的——快說快說快說！你這個沒禮貌的小子——』

有幾度闕擎覺得眼尾餘光就要看到那女人了，他咬緊牙往前直衝，在濕滑的上坡路段奔跑，他慶幸穿了止滑的高筒雨鞋，只能一路狂奔！

右前方的樹林間，開始出現了搖晃的模糊陰影，彷彿是出現來看熱鬧似的！

可惡！他雖有不甘，但還是急速的右轉，跳下了落差三十公分的樹林，踩著濕軟的土地，遠離了健行步道。

『打招呼！混小子！』女人的聲音漸遠，闕擎這才回頭，那個穿著運動服的女人折著與身體九十度的頸子，站在他跳下的地方破口大罵著。

她不敢下來，這邊有比她更強的東西吧！闕擎裝作看不見沿路樹幹上的鮮血淋漓、深刻刀痕，還有越來越多的「人們」，左轉往更深處走去。

樹林更密，陽光照不進來，沼澤地向來較爲昏暗，不僅濕氣重，而且由於腐敗的植物及動物都多，空氣中滿滿都是特殊腐敗味；沼澤旁全是又長又密的水草，水草裡什麼垃圾都有，也有許多不知裝著什麼的垃圾袋，還有幾艘廢棄的小船。

哇哇……隱約的嬰孩啼哭聲傳來，沼澤地非常靜謐，闕擎即刻就知道了哭聲來源在沼澤的對面，仰起頭，他都能見到穿過沼澤地後的對面那不高但光禿禿的山壁。

『哇哇哇……』沼澤裡傳來了類似的啼哭聲，水面突然起了波紋。

闕擎一顆心跳得疾速，他哪兒都不敢踩，想著該怎麼越過這片沼澤，繞行的話他得繞一大圈，穿過這片不知道下面有什麼的草原；直接涉水走過沼澤的話，水下有什麼他清楚得很，那是滿滿的屍體。

『嗚……』哭聲開始傳來，在水與草間，有個女孩從水裡冒了上來，『救命！救救我……』

沙沙，草到處擺動著，闕擎覺得正常人都會轉身就跑，離開這個地方！

「我到底是爲什麼要到這裡來？」他喃喃抱怨著自己，鼓起勇氣走向了旁邊廢棄的船。

看不到、聽不到、什麼都看不見，他自我催眠故作鎮靜，一定得裝作什麼都不知道……廢棄的船沒有槳，船底有一大灘深色的痕跡，十之八九是血，船底邊緣裂了條縫，船身到處都是刀痕與血漬。

『這是我的船！』

才剛要拖走船，一隻手啪的扣住了船緣，一個男人刹地就撲向了闕擎，他及時舉起手臂擋住了對方，手上纏繞的符，順利的把男人驅離。

他不打算繞行、也不打算涉水，他要踩著這些廢船盪到對面去。

船很重，因爲船尾有一堆手拉著，誰都不想放手，這彷彿是他們的救命之船……闕擎來這邊不可能沒有準備，他不能也不想去對付這一整片的亡靈，會被丟在這裡的幾乎都是冤死的，加上大部分生前也不是一般人，凶惡者眾，導致這裡怨氣沖天。

他卸下背包時，才發現背包上有個抓痕，大概是剛剛那位打招呼小姐下手的吧！從裡頭拿出混濁的礦泉水，一瓶符水、一瓶半聖水，什麼信仰都有，他很公平，一視同仁。

搖一搖往船上一澆，暴吼聲此起彼落之際，船也變輕了。

如法炮製，他又去拖了另一艘廢船，小洞用帶來的防水膠布隨便黏一下，能撐到對面就好！推著兩艘船到岸邊時他看著那平靜的水面，很難踏出那一步——走！

小船搖搖晃晃，闕擎穩住重心的站在其中一艘小船上，另一艘則以繩繫著一道走，他知道最好不要亂張望，但是這船晃得讓他不安，他還是往水面瞥了一眼。

沼澤的水並不如想像的混濁難辨，至少現在可以看清水下都是一具又一具的屍體，有的飄浮著，有的打轉，還有許多繫著重物的袋裝屍，都在這沼澤底下沉浮——剎那間，面向上的人睜開了眼睛！

喝！闕擎被嚇得直接踉蹌，差一點從船的另一邊翻下去！

「我趕時間！別鬧！」他手忙腳亂的趕緊拿出手機，此時整片沼澤居然開始起了巨大的漣漪，一個接著一個，眼看著水裡就要浮上來一堆傢伙了！

水緩緩漫進船裡，溼了他的雨鞋，闕擎蹲著按下播放，手機裡立刻傳出響亮的音樂聲。

『啊啊——呀——』

這樂聲簡直是音波攻擊，以小船為圓心向兩旁震開，震得所有魍魎魑魅都嚇得躲藏。

這很貴的！這是之前跟唐家姐弟買的驅鬼樂，上次在廢棄育幼院時使用過一次，非常好用，但是……這會引起厲心棠的不適，所以此後他絕不在她面前使用。

這驅鬼樂曲對亡者傷害極強，雖說厲心棠現在是活人，但是……畢竟她是死過一次的人。

死而復生，也是要付出點代價的。

這艘船進水後開始下沉，闕擎趕緊拉過另一艘船朝前推，穩穩的跳到了另一艘小船上。

啪嚓……木板破碎音傳來，他回頭望去時，只見剛剛那艘船已經被撕成碎片，散佈在沼澤水面了。

眼看著對岸在眼前，這艘船幾乎也要沉沒了，闕擎咬著牙跳上了岸邊，但一腳卻踩進了淤泥裡——他沒踩到岸上！

幾乎沒有一秒遲疑，水底無數雙手撲上來，扯住了他的雙腿！

「哇啊——」闕擎緊緊抓住岸邊的草，把勾在肘間的背包往後丟進了水裡。

按照怨魂的德性，背包飛快的被扯下水裡，瘋狂的撕碎成片，然後裡面的符咒跟剩下的符水，就足以上他們自傷了。

『啊啊——』就等待這慘叫聲起，他的下半身瞬間被鬆開。

闕擎狼狽的趕緊往上爬去，泡了水的身子很重，他匍匐的向上爬，離水邊越遠越好。

撐起身子起來時，他發誓掌心壓著的土裡，應該有個頭蓋骨。

闕擎依舊裝作什麼都不知道，邁開滿是水的沉重步伐往前走，音樂只剩幾十秒，離這些危險地帶越遠越好，其他的他還能應付。

「啊啊啊啊——」

痛苦的哀鳴聲來自前方較遠處，闕擎小心翼翼的往前走，彎身鑽過了幾棵較矮的樹木後，總算來到了滿是碎石子的路段，眼前有座大概三十度的岩壁，剛剛叫聲似乎是從那兒傳來的。

「誰——誰——」尖吼聲從上方傳來，闕擎下意識縮回林子裡，以樹木擋住自己的位置。

蹲下身，仰頭望去，他才發現上方約莫三十公尺處一棵樹的後方，居然有個山洞，怒吼聲來自一個冒出頭的女人！

不，那也不算是人，畢竟有條如蟒蛇般的粗蛇尾，正在山壁前啪啪作響。

找到了，拉彌亞2號。

第十一章
拉彌亞的巢穴

山壁並不難爬，畢竟才三十度，而且是岩壁，一路都是凹凸的巨石，只要抓著就能穩穩的往上走；闕擎非常謹慎的走上去，洞穴裡的聲音逐漸清晰，嬰兒提哭早已不在，取而代之的是驚恐的慘叫聲，但也很快就消失了。

等到闕擎到洞穴邊時，可以感受到對方離洞口挺近的，那位叫楊萱玫的母親正溫柔的唱著兒歌，像是在哄自己的孩子。

她手上沾滿不知哪個無辜者的鮮血，正在地上畫著新的魔法陣，整個人已經瘦到不成人形，而下半身的的確確是蛇尾，是條蟒蛇，直徑可能有十公分寬。

她剛剛會被音樂影響來看，她已經不全然屬於人類了。

「楊萱玫。」

喝！畫陣畫到一半的楊萱玫嚇了一跳，她慌張的先衝過去，抱回自己擱在岩石上的嬰孩。

反正一進去就會被發現，闕擎也不覺得自己有本事隱藏蹤跡，不如開門見山。

她敵視般的看著闕擎，完全不明白爲什麼有人會上來這裡。

「站住！」楊萱玫大喝著，後方的蛇尾不停的擺動，「你是誰？」

沒有親眼所見，他眞的很難相信，眞的有人會變成人身蛇尾……這麼冷的天，楊萱玫上身就只穿著一件單薄的小可愛背心，皮包骨到能瞧見根根肋骨，臉頰與眼窩均凹陷，眼睛瞪得特別大，眼珠子看上去爆凸而出，是因爲幾乎看不見上眼皮了。

肚臍以下都已經化成蛇尾，她站或坐或移動，全是那巨大的蛇尾在支撐著。

「妳什麼時候變成這樣的？用了那本惡魔咒術書後嗎？」闕擎小步的往前，「妳孩子在二十五年前就已經死了，妳召魂這麼多次，也沒有一次成功，沒想過或許……米米已經投胎了呢？」

楊萱玫戒慎恐懼的盯著闕擎，這個好看的男孩她從未見過，但爲什麼他知道這麼多事？

「米米在，她還在的，我可能唸得不對，或是畫陣畫得不夠好……有時是祭品不夠好。」她望著懷裡睡著的嬰兒，「還有軀體不匹配，不是每個身體都能接受米米的靈魂……」

「塵歸塵、土歸土，米米已經死了，連同當年四十七個孩子一樣，我知道不是你們的錯，但孩子就是已經死了。」闕擎又往前了幾步，「妳不能因爲這樣，去殘害他人，還搶別人的孩子——妳有想過這些孩子的媽媽嗎？」

楊萱玫眼珠咕溜溜轉著，別過了頭，「我爲什麼要在乎她們？那個女人燒死我的米米時，有在乎過我們嗎？她只爲了她的孩子，就把我的孩子燒死了！」

既然別人可以這樣對她，那她爲什麼不能這樣對別人？

她，只要她的孩子回來，付出什麼代價她都無所謂！

「鄭海莉告訴妳召魂術，所以妳入獄前就試過了，二十幾年前妳沒有惡魔咒術書，因此沒有切開孩子的手腕，而妳當年殺的孩子我們都找到了……不過只找到了五具屍體。」闕擎慢慢的從口袋裡拿出一張紙，緩緩打開，「第六個是誰？」

找到了？楊萱玫一凜，言下之意是……他們已經找到婆婆跟大姑了！

「誰都不能阻止我把米米要回來，她們太囉嗦了，是因爲她們要報警我才殺了她們……我不是故意的！」她突然哭了起來，「我只是想要我的孩子啊！爲什麼你們都要爲難我！」

誰爲難誰啊？世界不是繞著一個人轉的，別人傷害了她的孩子，她就要傷害世界上每個人的孩子嗎？這問題他也很想問拉彌亞，邏輯到哪兒去了？唉，但他不敢。

闕擎將紙攤平，那上面其實是戶口資料。

「其實我想問的是，第一個被當成附身軀殼的是誰？」闕擎打直手臂，拿著紙張再往碎步，「唯一沒找到的屍體。」

第一個？楊萱玟的眼神放遠，其他孩子都是在老家施咒的，只有一個例外……那天她抱著那笑得燦爛的孩子，她越看越覺得那就是米米，她們長得太像了，一定是上天的旨意，要讓那孩子代替米米。

她是在租屋處施咒的，的的確確是第一次施咒，那天雨下得好大，她看著有白煙竄進了孩子體內，但是……失敗了，她那時就失敗了！

「那個孩子，叫小柔。」闕擎揮動了紙張，「在妳的戶口登記下，還有個叫小柔的女孩──她是妳懷胎十月生下的二女兒！」

楊萱玟停住了，她用那凸出的雙眼不可思議的看向他，這個名字她幾乎就要遺忘了。

小柔，她搖頭掩耳，她不想去回憶！

「不……沒有，我不知道！」她用乾瘦的雙手抱著頭，「我不記得了！你不要靠近我！」

蛇尾掃來，啪的掃裂了那張紙，闕擎踉蹌兩步還沒站穩，又見巨大蛇尾劈面而來，他根本閃避不及，正中的被打翻滾落，向後撞上了大石塊，砰磅的往下摔去！

電影都是假的！區區一公尺的落差，但處處是尖石，痛得他根本爬不起來……骨頭斷了！他感受得到約莫第六根肋骨處大概是斷了！

楊萱玫迅速的移動，開始點燃蠟燭，才準備要唸咒，卻發現法陣裡的祭品不見了！

闕擎剛剛就一直讓她分心，雖然有些對死者不敬，但他趁機把屍體踢出了法陣外，讓其摔了下去，現在……就倒在他身邊。無辜的街友死不瞑目，雙眼瞠大，嘴巴大張，滿臉都是驚恐不甘。

「祭品！」楊萱玫輕鬆用蛇尾捲起屍體，她不是沒瞧見闕擎，但她現在一心一意，都在接下來的儀式裡。

每一次，她都抱著會成功的希望。

如果這信念用在做人做事，倒真的挺有成功的資質。

趴著裝死的闕擎抓準了時機，咬牙一抬身，把手裡的長銀鍊拋了出去，這鍊子是用好幾個五公分的銀段組成的，尾端繫了小匕首，現在這位楊萱玫非人非鬼的，怎樣都得使用雙重攻擊了。

銀鍊準確的纏繞住楊萱玫的頸子，匕首末端直接插進她的背部，每段銀段瞬間像燒紅的烙鐵，貼在楊萱玫的身上燒出焦味，疼得她即刻鬆開了屍體！

「啊啊啊……好痛！好痛——」她不敢去碰銀鍊，那每一段銀段都發紅，貼著她的身體不停的灼燒，「拿下來！我叫你拿下來！」

蛇尾捲起了闕擎，把他舉到自己面前，楊萱玟痛苦的命令著。

終於第一次，這麼靠近看著她了。

他還記得老屋照片裡女人曾是年輕貌美的，現在她最多四十來歲，卻乾癟枯瘦，滿臉皺紋，由於長期沒有睡眠，雙眼暴凸盈滿血絲，眼窩凹陷伴隨著深黑眼圈，牙齒發黑，帶著瘋狂，完全已經沒有當時的模樣了。

爲了喚回死去的孩子，她把自己折磨成了這副模樣。

蛇尾圈緊了他，楊萱玟咆哮的大吼時，臉部會整個變形，「拿下來——」

唔……斷掉的肋骨更痛了！別說回應了，闕擎連說話都有困難。

「闕擎？闕擎！放開他！」遠遠的傳來驚恐的叫聲，「妳把他勒死了就沒人能幫妳了！」

楊萱玟忿恨的回首，她這一秒還殺氣騰騰的想勒死這男人，但下一秒看見女孩身後的人，便嚇得一秒鬆開蛇尾。

「輕輕放下！妳給我輕輕放喔！」厲心棠焦急的衝來，回音陣陣。

楊萱玟看見她身後走來的拉彌亞，嚇得將闕擎小心輕放，敬畏而痛苦的在地上開始打滾，銀鍊燒灼著她的皮膚，且往身體深處繼續燒蝕。

厲心棠眼裡哪可能有她，她慌張的衝到闕擎身邊，她腦子一片混亂，爲什麼闕擎會在這裡？這兒還是因爲拉彌亞帶著她來，她能才知道的……可是闕擎看起來早就知道了啊！

還比她們早到？最重要的是來了還沒通知她？

「啊啊啊——」楊萱玫慘叫聲起，一雙眼可憐兮兮的看著拉彌亞、懇求著。

拉彌亞瞥了眼那銀鍊，她不敢碰，那不像人類的東西，她試圖用法力讓鍊子脫離，遺憾鍊子卻紋風不動。

「棠棠，妳先幫她把鍊子取下吧。」拉彌亞來到闕擎身邊，接手把他拉過來。

厲心棠回首看著在打滾的楊萱玫，那漫天亂撞的蟒蛇尾，讓她陷入沉思，「就是妳一直在獻祭孩子吧？這叫活該，剛好可以制止妳！」

她明顯不想搭理，轉回來憂心忡忡的看著痛苦的闕擎。

「那會殺了她吧？」拉彌亞問著闕擎，「還有事情未了不是嗎？」

闕擎勉強睜眼，朝厲心棠伸出手，讓她攙他起身。

「拿下嗎？那我來就好了！」她邊說，急欲起身往前。

楊萱玫那亂甩的蛇尾嚇人，拉彌亞見狀，無奈的現出了原形。

藍綠色光芒的巨形蛇尾輕而易舉的扣住了楊萱玫的身體，好讓厲心棠上前為她取下銀鍊；她施了點力，「拔」下了鍊子，因為每一段銀段已將楊萱玫的肌膚燙到焦黑甚至黏在一起，空氣中瀰漫著一股其實挺香的烤肉味，楊萱玫趴在地上抽搐哭泣，厲心棠再順道動手拔起插在她背上的匕首，傷口其實不深。

那是惡魔的東西，拉彌亞看見匕首上的寶石，百分之百確定。

「你為什麼會在這裡？」厲心棠走回闕擎身邊，「你怎麼知道楊萱玫在這裡？」

「嗯……」他沒打算回答厲心棠，「妳又為什麼在這裡？」

她才剛到，都還沒問上兩句話咧！

「我來找這個女人的，拉彌亞說這裡有很多藏身之處，同為蛇身，她能感應得到……」厲心棠正在說著，細微的哭聲突然響起。

在法陣中間的嬰孩，似乎被這一片混亂吵醒了，開始哭了起來；嬰孩啼哭聲很快的傳遍了整個洞穴，厲心棠緊張的趕緊跑到嬰孩身邊，看著孩子的手腕，幸好還沒被割斷。

「別碰……別碰她！」楊萱玫匍匐的爬過來，「那是我的米米。」

「這不是妳的孩子！這個陣法一開始就是騙妳的，這是獻祭靈魂的！」厲心棠忿怒的瞪著楊萱玫，「沒有任何一個靈魂會進入這些身體，相反的是把這孩子的靈魂獻出去！」

「等等，可是之前那些孩子的亡魂不是都去了百鬼夜行？」

厲心棠瞟向了闕擎，這就是她最爲難的地方！「記得嗎？被拉彌亞吃掉的孩子，靈魂都是難以超生的，那本書就是在蠱惑痛失孩子而瘋狂的母親，然後……讓她們一直獻祭嬰孩靈魂。」

「我沒有吃掉任何孩子，每個孩子都是米米，是我重要的……孩子！」楊萱玫激動的反駁，「我在等米米回來！每次都差一點點，我看著她的靈魂進入身體裡，可是一下又沒了！」

「那只是惡魔的標記，那些孩子都是妳獻上的佳餚，沒有一個是妳的孩子。」厲心棠睥睨著她，「等妳死亡後，那些孩子就會歸惡魔所有了！」

「等施咒者死去……啊，惡魔也要施咒者的靈魂！」闕擎看著瘦骨嶙峋的楊萱玫，「她這模樣，也撐不了太久。」

一個人沒有睡，能撐得了多久？就算是眞正的拉彌亞，也不時抱怨著沒有歇息的時刻，想想就連吸血鬼，都還得窩進棺材裡睡覺呢！

「對，她遲早會在施咒中死亡，把自己也給獻進去。」厲心棠抱著小嬰孩輕搖，她哭得太可憐了。

「不可能！這是喚回我孩子的唯一方式，把那個孩子放下！」楊萱玫激動的起身，但一見到在他們身後的拉彌亞，又卻步了。

闕擎看著在陣法中的厲心棠，他覺得實在不安，小心靠近，「妳是從哪裡知道的？」

「是啊，棠棠，我都不認識這個法陣了。」拉彌亞出聲，巨大的蛇尾在她背後晃著，雙眼瞪著楊萱玫。

「呃……我們店裡……後巷那邊……」她看了拉彌亞一眼，「有惡魔在那邊盯著，不認識的，就順便問了一下。」

闕擎小心翼翼的來到她身邊，雙手環著她希望把她帶出法陣外，雖然蠟燭已被拉彌亞的蛇尾揮滅，但待在魔法陣裡就是極不明智的行爲。

「惡魔盯著啊……喔。」闕擎這才反應過來，「你們前面有天使，後面有惡魔？看來你們惹到的東西比我這邊嚴重啊！」

厲心棠聳肩，說實在的，她也不知道到底出了什麼狀況，兩界人馬都盯著他們不放。

「別！別帶走我孩子！」楊萱玫卑微的哭求著，她態度軟化到讓闕擎狐疑，他下意識回首，感受到駭人的殺氣。

拉彌亞那雙眼，像隨時都能把楊萱玫吞了似的。

這不陌生，每次扯到厲心棠的事，她都會這麼激烈。

「書在哪裡？那本教妳召喚孩子的書！」厲心棠沒忘記正事。

楊萱玫顫抖的搖著頭，那本書她處理掉了，她不敢放在這個洞穴裡，因爲洞穴的主人交代了。

她又戰戰兢兢的瞟向拉彌亞，立即領會意思，「我丟掉了，不、不在我身上了。」

「丟掉了？這麼重要的東西妳怎麼能丟！」厲心棠簡直不敢相信！有人會扔掉惡魔咒術書！

「我已經背下來了，我畫了多少次了，我不會忘！」她揪著胸口，「有人、有人會比我更需要那本書。」

天哪！厲心棠心裡涼了半截，那本書又流出去了嗎？

她正在懊悔，闕擎倒是不時的回頭看著拉彌亞，再看向楊萱玫，爲什麼他感覺這個女人的恐懼，是源自於拉彌亞？而且這洞裡一大一小兩條晃盪的蛇尾，光看就讓他心驚膽顫。

楊萱玫這樣粗細的蟒蛇尾都能讓他傷成這樣，拉彌亞的蛇尾直徑最少五十公分以上，是三個人都圈不住的粗壯，一揮就能拍扁他了吧？

但楊萱玫的恐懼似乎不只於此。

「棠棠，先放下孩子，讓她睡吧。」拉彌亞連手都沒揮，厲心棠懷裡的嬰孩居然立即睡著，「我們還有更重要的事！」

厲心棠呆呆望著秒睡的嬰孩，困惑的回頭看向拉彌亞，「什麼……」

「那本書。」拉彌亞手指點點，要她把嬰孩放回去。

就算要放也不能放回陣裡啊，她轉向闕擎，他即刻伸手拒絕，他對這種可愛嫩嬰無法招架，就別折磨他了！

「我放在這裡……」厲心棠只好把孩子放到腳邊地上，一個相對安全的地方，「你用剛剛那條鍊子圍著她。」

這倒是個好方法，只是……沒觸及身體的話，有用嗎？

他斜眼睨著楊萱玫，警告她不要輕舉妄動，她不似過去凶惡的惡鬼或是執念過深的人，現在看上去既脆弱又可憐，是個一心一意只爲喚回孩子的母親。

「妳的孩子不會回來了。」厲心棠放下孩子，走近闕擎朝他要了銀鍊，「不要再被騙了。」

楊萱玫沒說話，她惶惶不安的眼神裡卻依然藏有執著：她絕對要找回她的孩子！

厲心棠擔憂的看著闕擎，他看起來傷得不輕，就近扶著他坐下。

「你不對勁啊！爲什麼不告訴我就先過來，你到底想幹嘛？」厲心棠皺著眉質問他，她又不傻，剛剛也穿過那片沼澤地，知道依照闕擎的體質，光越過那片沼澤就很辛苦。

尤其，這一開始就不是他在乎的事，是她想管的！可憐孩子的鬼魂來到「百鬼夜行」，是她想阻止這無謂的犧牲，他只是被她拖著走——爲什麼會突然變得這麼主動？

「我搞清楚了會跟妳說。」闕擎不想隱瞞但也不想明講，主動將銀鍊圍上嬰孩周圍。

厲心棠攙起他時，她突然把某個東西塞進他手裡，「幫我保管好。」

闕擎默不作聲的先把東西塞進口袋裡，然後轉頭向依舊趴著的楊萱玫，「妳把書處理到哪邊去了？」

她搖了搖頭，但沒回答。

「拉彌亞，書不在這裡了！妳要找什麼？」闕擎遙問著拉彌亞，曾幾何時，她就已經往洞穴深處走去了。

「我知道那本書在哪裡，就算她藏起來，我也找得到。」拉彌亞朝著厲心棠伸出手，「過來，棠棠。」

「我一下就回來，如果……」她轉著眼珠子，斜眼往後瞄向楊萱玫，一切盡在不言中，但闕擎卻完全懂。

她頷首，趕緊踩過崎嶇大石往拉彌亞身邊去，闕擎彎低身子，再問了楊萱玫一次，「這裡沒有書嗎？」

楊萱玫匍匐在地，眼神盯著沉睡的嬰孩，再度搖了搖頭，「她說不許留，我就扔了。」

他說不許留？誰？

「拉彌亞！」闕擎撐著站起來，「惡魔咒術書確定不在這洞裡！妳讓厲心棠過去做什麼？」

厲心棠好奇的回身，闕擎的語氣好像有點……凶？

「我能讓她找出那本書的，不管那女人丟在哪裡，我都能輕易的在這個地方取回。」拉彌亞的蛇尾繞了一大圈到厲心棠身後，輕輕推著她，往自己身邊帶。

「我嗎？」厲心棠雙眼熠熠有光，「怎麼做？」

拉彌亞望著她，憐惜的撫著她的臉，「能的，放心好了，只要妳聽我的話！我能給妳力量的。」

厲心棠立即縮了身子，閃開了她的觸碰，「給我力量？」

蛇尾再用力一抵，厲心棠又往前踉蹌，準確的落進了拉彌亞的懷裡，接著蛇尾將她圈起，不讓她有任何空間的逃離。

「妳相信我吧？棠棠？」拉彌亞愛憐的說著，「妳該知道我是愛著妳、疼妳、關心妳的。」

「我……我知道啊！妳一直都很照顧我，就像第二個媽媽一樣……」她開始想掙開，「別圈著我，拉彌亞，妳這樣我害怕！」

「我比Abraham更像一個母親，她根本沒有生養過，怎麼知道如何當一個母親!?」拉彌亞聲調激動了點，「妳不知道妳被剛抱回來時，他們兩個什麼都不懂，都是我在照顧，我才配當妳的母親！」

Abraham？誰？闕擎滿腦子混亂，是雅姐的名字嗎？

闕擎完全無心留意楊萱玫，未注意她正悄悄的逼近那熟睡中的嬰孩，而闕擎則吃力的越過巨石，往厲心棠的方向前去。

「放開厲心棠，拉彌亞！妳是不是從頭到尾都知道這件事，知道有個瘋狂的母親想召回自己的孩子？」闕擎隨手往上指向楊萱玫，「我甚至覺得妳們是認識的！」

拉彌亞只是隨意瞥了闕擎一眼，她並未把他放在眼裡。厲心棠雙手試圖撥開圈著她的蛇尾，可是拉彌亞沒有絲毫的退讓，這反而讓她更慌了。

「拉彌亞，不要鬧喔！放開我！」

「沒事，我不可能會傷害妳的，妳要相信，我的所作所爲只是想保護妳。」

騙子！這種狀況，叫她怎麼相信啊！厲心棠扯開了嗓門，害怕的回頭，「闕擎！幫我！」

「妳眞的在乎厲心棠就不會想嚇她！我不知道妳要做什麼，但是……妳爲什麼假借厲心棠的名字，讓章警官幫我們查失蹤案？我原本以爲妳是在幫我們調查，但是現在看起來——」闕擎環顧四周，這陰暗潮濕的洞穴，「妳是刻意要讓厲心棠追查楊萱玫，直到這裡來嗎？」

厲心棠深吸了一口氣，瞪大雙眼看著拉彌亞，「是這樣嗎？有什麼事妳都可以跟我說的啊，拉彌亞！妳到底要做什麼？」

「這裡是我的巢穴。」拉彌亞開門見山，「唯有在這裡，我才能孕育我的孩子。」

拉彌亞的孩子。

這個答案讓闕擎打了個寒顫，從背脊一路發涼，這答案荒唐到叫他害怕！眞的要孩子，應該有很多方法，拉彌亞以前的孩子被殺了，她才會憶子成瘋，或許她能再找個男人共組家庭重建人生，但無論哪個選項，都不該是讓他們一路追蹤楊萱玫到這裡。

把厲心棠拐到這裡，跟她孕育孩子毫無關聯！

「妳還能有小孩嗎？」厲心棠倒是問到點上了，行嗎？

「可以的。」拉彌亞突然衝著她笑了，「只要妳願意，妳隨時都能成爲我的孩子。」

「對我而言，妳已經像我第二個母親了，妳也對我如同孩子……我不明白，妳還需要什麼嗎？」厲心棠壓抑住情緒，盡可能如平常般撒嬌的說著，「妳要我……認乾媽？還是說想要法律文件，或是……」

「我要妳成爲妖的孩子。」拉彌亞誠懇的握住了她的雙肩，「這樣妳不必畏懼危險、還能擁有能力，甚至可以長生。」

轟！——厲心棠覺得自己剛剛應該是被雷打到了，怎麼有哪句話沒聽清楚，腦袋一片空白？她眨了眨眼，好想再叫拉彌亞說一次，她在講什麼啊？

她不懂，但闕擎懂，他持續吃力前進，計算著身上還有多少法器可以用，這些東西是否能對付傳說中的拉彌亞？

「我曾是人，但後來變成這樣的怪物，即使我獲得了長生，卻人不人鬼不鬼妖不妖，我甚至不知道自己算是什麼，但是——我有能力！」拉彌亞繼續對著厲心棠淺笑，「妳離開店裡出去打工後，遇到了多少事？厲鬼的攻擊、惡鬼想要殺妳，上次還跟食人鬼面對面，差一點就被吃掉了！我成日提心吊膽，我巴不得妳都不要出門！」

厲心棠腦子一團亂，「我……對，那個是很可怕，但是還是解決了……對吧？」

闕闕難過，闕闕過嘛！幸好有闕擎在，幫了她好多。

「那萬一有沒解決的那天呢？如果像那個女人，她瘋狂到失去理智，今天搶了嬰孩沒有祭品，她已經不人不鬼了，她可以用蛇尾捲死妳當祭品，妳是毫無還手之力的！」拉彌亞矛頭突然指向不知何時已經重新獲得嬰孩的楊萱玫。

「我不敢！我不敢的！」楊萱玫嚇得伏低身子，「她是妳的孩子，妳給了我那本書，幫我召回孩子，我怎麼可能這麼做！」

什麼!?闕擎不可思議的回身，楊萱玫剛說了——惡魔咒術書是拉彌亞給她的!?

上次他們沒有在涂惟潔手上拿到書，居然是拉彌亞先一步把書偷走，再傳遞給下一個人類嗎?的確，知曉雪女2號事件、又非人的拉彌亞可以比他們更快!

「拉彌亞!妳怎麼可以這樣!妳明知道我在追那本書，那種東西不能在外面傳的!」厲心棠一秒暴怒，開始氣急敗壞的掙扎，「妳鬆開我!妳爲什麼要這麼做?」

「因爲她就是要引妳過來!」闕擎大喝著，「她是人類!拉彌亞，妳的執念幾千年來沒有變過，但厲心棠不是妳的孩子!」

拉彌亞的蛇尾瞬間鬆開厲心棠，直接甩向了闕擎，厲心棠驚恐的尖叫，誰都無法承受住拉彌亞的蛇尾鞭的!

「住手——不可以——」

蛇尾在闕擎上方驟然停下，闕擎來不及躲，他剛已經單膝跪地的準備做垂死掙扎，還抱著僥倖心態希望蛇尾可以失準，可是蛇尾停下了……而他的手上，卻有股力量冒出，隱隱將他包圍。

「妳這麼在意他嗎?」拉彌亞的眼神，幽幽的回到厲心棠身上。

「不可以傷害他!妳知道我有多喜歡他的!」厲心棠正首，不情願的推了拉彌亞一把，「收回來！」

餘音未落，蛇尾唰唰地收走，再度重新捲住了厲心棠。

「那就成爲我的孩子。」她的眼神與語氣即刻變得溫柔，「一點點痛而已，我會護著妳的。」

眞是亙古不變的套路啊……闕擎只有嘆息，政府用他熟悉的人事物威脅他，拉彌亞也用他來要求厲心棠。

「我……妳要我怎麼做？」

「厲心棠！不許！」闕擎大喝一聲，「我沒關係的，我的人生從不快樂，一片血腥不說，還一直被人利用刁難，如果拉彌亞願意解決我，我還挺樂意的……」

「閉嘴啦你！」厲心棠急得跳腳，「在乎你的人很多，少在那邊囉嗦！」

闕擎無奈極了，他是認眞的，世人在乎他什麼？擁有黑瞳的力量很好利用，這能叫在乎嗎？

拉彌亞的手突然出現了一把黑色刀子，那幾乎是從她掌心浮出來的，渾濁的黑氣遠遠就叫闕擎不適，連就近的厲心棠都能聽見刀上發出的哀鳴。

「換血，只要讓妳體內都流滿我的血，再加上我的儀式，妳就能正式成爲我的孩子。」邊說，拉彌亞在自己手臂上劃上一刀，藍色的血汨汨流出。

厲心棠看著那發著螢光的藍血，她其實不明白。

「爲什麼，非得要這樣才能成爲妳的孩子呢？」

第十二章
我的孩子

她忍不住含著淚，悲傷的問著，她愛拉彌亞同母親，拉彌亞也愛她如子，爲什麼非要讓她成妖：「拉彌亞的孩子！」

拉彌亞根本沒在聽，她噙著笑意，拉起了厲心棠的手，她只是希望棠棠是心甘情願的，但就算她不願意……她也沒有要放過的意思。

啪噠啪噠，振翅聲突然傳了進來，幾乎是閃現般，一個挺拔的影子「掉」在了闕擎的右前方……有夠狼狽的出場！誰叫他眞的是掉下來的，闕擎嚇得愣住，看見趴在地上的金髮男子，他下意識看了看錶。

「你不是陽光過敏嗎？」闕擎認眞的蹲下身子，「今天熬夜啊？」

「閉嘴！」德古拉站了起來，不忘趕緊帥氣的撥撥金髮，只是睡眠不足有點頭暈。

看著自己手上的水泡，兩層防曬也沒什麼作用。

「德古拉，」拉彌亞瞇起眼，「你來這裡做什麼？」

「別鬧了，拉彌亞！棠棠是人類，她出生是人類、抱回來是人類，妳希望把她變成人不人鬼不鬼嗎？」德古拉搖了搖頭，「我相信老大他們如果希望這樣，早就——」

「那是他們不負責任！」提起叔叔，拉彌亞其實是一肚子火的，「他們撿回了她，就該對她的人生負責！不是讓她涉險、不是讓她脆弱、是讓她短命！」

「是我自己要涉險的，是我自己要去瞭解外面的世界，你們不能一直想把我永遠關在店裡啊！」厲心棠哭了起來，使勁的抽著手，「好事壞事我自己承擔，雅姐說的，人要為自己做的事負責，不能怨天尤人，也不能遷怒！」

「妳可以出去，但如果不能做到全然保護，就要讓妳有保護自己的能力！」拉彌亞不能接受這種做法，「人類的生命太脆弱了，我不能接受他們抱回妳、然後又要我眼睜睜看著妳很快死在我面前！」

人類的生命對於他們而言，比一眨眼的時間還短暫！

「我們要珍惜的是她在的時間。」德古拉語重心長，他何嘗不是經歷過呢？曾有的朋友，終究也只能看著他們離去，只留他一人孤單，「每一分一秒，都不會忘記。」

「她是被我們撿到的，我們都有辦法改變她的人生，可以讓她面對厲鬼無所畏懼，不會輕易被傷害，甚至可以永遠在一起……」拉彌亞完全無法理解，「我最受不了的就是這點，明明有能力，卻不這樣做，寧願眼睜睜看著棠棠冒險、受傷、生病、死亡！」

「因為她是人！」德古拉覺得她真的難以溝通，「當初妳被詛咒變成現在這模樣、當妳永世不能閉眼時，妳就沒有一刻後悔？寧願還是個普通的人類嗎？我就不信妳很享受長生但孤獨的人生！」

他們每個都一樣，即使是死亡後成鬼再化爲妖，有了永生卻根本不快樂，生活沒有期待、沒有冒險與未知，不敢相愛、不敢交友，因爲享有短暫數十年的感情，卻要承受永恆的懷念與悲痛！

「所有只要讓我們愛的人，也永遠跟我們一樣就好了啊！」拉彌亞苦口婆心的對著厲心棠，「棠棠，妳難道不想跟我們永遠在一起嗎？以後再也不必害怕，甚至可以靠一己之力穿過那個沼澤？想管多少事就能管？」

永生且擁有力量，不吸引人是騙人的。

但是她是在「百鬼夜行」長大的，她看盡了所有人與非人的執念與嗔痴愛怨，感受到妖魔鬼怪漫長但空虛的光陰，他們是多麼羨慕人類有限的時光……還有，她並不希望一直送走在乎的人，無論是愛情或是朋友。

「我不想。」厲心棠略帶哽咽的拒絕了拉彌亞，「拉彌亞，我不想，我就想這樣活著！」

「不是！妳不懂！不是每次都有人會救妳的！那個男人也是自身難保型，而且他只會讓妳涉險！」拉彌亞看向了闕擊，就是在說他！「況且人類的感情是很脆弱的，而且他根本不喜歡妳，就算今天喜歡，明天說不定就不愛了！」

「那不重要，重要的是我現在喜歡他！」厲心棠雙手反握住了拉彌亞的手，又緊張又害怕的快哭出來了，「把握當下才是最重要的！」

叔叔是這樣教她的，雅姐也說過，有限的生命，才會讓每一刻變得珍貴。

「那我怎麼辦？老大怎麼辦？雅姐呢？妳不能這麼自私只想著妳，妳要想想我們的提心吊膽，妳離開後我們的痛苦——」

「我知道妳很愛我的，拉彌亞！我都知道！」厲心棠難受的落下了淚，「但如果妳眞的愛我，妳會尊重我的，不是拿妳對我的愛來勒索我！」

勒索？拉彌亞不可置信的看著厲心棠，滿眼都是愛，她是眞的愛著棠棠，就算說這是勒索——她也要做！

反手握住厲心棠抓著她的手腕，直接拉近身前，舉起手裡的刀——德古拉才想妄動，龐大蛇尾即刻攻擊，德古拉及時化身成蝙蝠，但拉彌亞的攻勢凌厲，加上他被陽光灼傷，根本難以施展！

「啊……住手！德古拉！別傷害德古拉！」厲心棠一寸都掙脫不了，但回首看著吃力的德古拉，她嚇得哭喊著，「妳不能傷害小德！」

闕擎見狀，突然奔前，「德古拉！你過來！」

他張開雙臂，德古拉搖搖晃晃的飛到他身後，厲心棠簡直不敢相信，就算闕擎他有些許力量，也禁不起拉彌亞一次的拍擊！

「不行！你不行碰闕擎一根汗毛！」厲心棠驚恐忿怒的正首警告著，「否則我會恨妳一輩子的！」

恨？拉彌亞凝視著眼前可憐的孩子，傻孩子，如果恨她可以換得棠棠一生的平安，那也是值得的啊！

「成爲我的孩子，誰也不會受到傷害。」拉彌亞終究還是勾起笑容，和藹的說著。

只要棠棠不反抗，只要任她進行儀式，捨掉人類血液，那誰都不會受到傷害。

美男子難受的跪地，闕擎看著撤離的蛇尾，趕緊旋身蹲下，查看著難得脆弱的德古拉。

「你還行嗎？需要喝點血補充能力嗎？」闕擎問得很認眞。

德古拉抬睫皺眉，「你的血我喝了怕出事。」

「愛喝不喝！」闕擎加重了右手的力量，掐了掐德古拉。

德古拉詫異的看向他右手小指的銀色蕾絲戒，吃驚的看向他，那是老大給棠棠的護身戒！

「爲——」

「她給我的，交代我一定要收好。」闕擘壓低了聲音。

剛剛她要跟著拉彌亞往洞穴深處走時，突然塞給他的。

如果她現在還戴著，或許……或許拉彌亞就無法傷害她了啊！

十公尺之遙的厲心棠沒有再反抗，一雙眼哭得紅腫，她第一次感受到，所謂的「愛」竟能給她如此窒息、恐懼、忿恨與不甘……

可是，好像沒有愛了……

「妳信我，一切過後什麼都會好的。」拉彌亞握著她的手，再次溫柔以告，「擺脫這個脆弱的軀殼，妳就自由了。」

厲心棠無力的癱軟，任拉彌亞緊拉住她，仰起頭看向拉彌亞時，她眼底帶著的並不是愛。

「或許吧，但我們之間是不會回到過去的……妳的這種愛，我敬謝不敏。」她的眼神轉爲銳利，「只一點，不許傷害『百鬼夜行』的任何一個人……也不能傷害闕擘。」

拉彌亞彷彿受到打擊般，蹙起眉看著她最寶貝的女孩！棠棠怎麼能這麼看她呢？她所做的一切，都是爲了棠棠好啊！

但無所謂，只要棠棠能成爲她的孩子，恨她也無所謂。

她割開了自己的手，這次更深更大，藍色的血大量湧出，然後抓住了厲心棠的手腕向後一扳，目標自然是腕動脈——讓藍血取代所有的紅色血液。

幾欲驅前的闕擎被德古拉攔下，那大蛇尾就在附近，闕擎這小子上去就是以卵擊石！蠢斃了！

「可是——」難道要眼睜睜看著厲心棠變成妖怪？

說時遲那時快，眼前的空間突然扭曲變形，闕擎瞬間感受到頭暈耳鳴，他難受得後縮身子，德古拉即刻站起將他護至懷中。

大片黑影籠罩住他們的視線，接著黑影急速縮小，成爲一個人影。

「老大！」德古拉大大鬆了口氣，「你是非得要這時才要來嗎？」

男人矗立在他們與拉彌亞之間，那是「百鬼夜行」的老闆，厲心棠的長腿叔叔，所謂惡魔利維坦。

闕擎自然見過他們幾次，原本以爲只是很愛COSPLAY的人，但自從知道是惡魔後，他的心態可沒那麼輕鬆了！之前他們每次都是裝扮成各種時代的人，今天意外的平常，居然是針織衫加長褲，完全上班族模樣。

拉彌亞一見到他，即刻將厲心棠一把拉起，讓她旋個半圈後拉進自己懷中，厲心棠背貼著她的身體，而她手上的刀直抵厲心棠的右頸。

「別插手！」

「我眞要插手，我剛剛會直接到妳身邊。」叔叔舒了一口氣，又做了一個深呼吸，同時嫌惡於洞內的氣味，回頭搜尋臭味的方向。

德古拉非常禮貌的立刻指向左後方那個蹲在法陣邊、不敢輕舉妄動的楊萱玫，是她喔！她還殺了個街友。

「叔叔！」厲心棠一見到養父，情緒立即潰堤，「我不想的！我想當普通人！」

「拉彌亞，尊重一下棠棠。」叔叔一點都不急，還在原地伸起懶腰，「我的天哪！好不容易可以過來了！」

「哈囉？如果您是……她養父的話，留意一下那把刀！」闕擎覺得自己像是這裡唯一緊張擔憂的人。

「不急，她下不了手的。」利維坦從容不已，向闕擎打招呼，「好久不見了，闕擎！」

嗨？闕擎現在也是背貼著德古拉，被他圈在懷中，這場面有一點點曖昧，但他實在太痛了，斷掉的骨頭讓他難以支撐，有人撐著是求之不得。

「你們是不負責任的養父母，只有我才是眞正爲棠棠考慮的人！」拉彌亞再度抓起了厲心棠的手，「棠棠，放寬心接受一切，換血時間不會太久，我保證不會痛的！」

她眞的不想！

厲心棠踉蹌往外跌，刀尖朝她的手割去，她嚇得想縮回手，感覺自己用盡了全力，卻根本紋風不動，完全掙脫不了！噙著淚的雙眼看著拉彌亞，心裡就算一千萬個不願意，區區人類，怎麼能跟拉彌亞抗衡？

其實一個惡鬼她就無能爲力了，拉彌亞說得是沒錯，但她並沒有因此想變成非人！

闕擎整個人都緊繃了，他也被德古拉扣住，因爲但凡闕擎踏出一步就會被拉彌亞的蛇尾拍扁，德古拉可不想看棠棠哭，而且老大都來了，沒他們插手的份。

刀尖在厲心棠動脈上幾寸，但拉彌亞卻遲遲沒下刀。

她深吸了一口氣，居然還重新握了握刀子，看著厲心棠卻依然割不下去。

「拉彌亞……」厲心棠留意到她的遲疑，趕緊再使出撒嬌模式，「眞的不要……我只想當人。」

她可以用力的刺穿棠棠的心窩，割斷她的動脈，但這樣她的血流失太快，而藍血來不及填滿，儀式跟咒語都來不及進行，而且她不想讓棠棠痛苦的，因此她必須溫柔的、緩慢的……

「為什麼？」拉彌亞咬著牙，她居然真的下不了手？她這句話是對著厲心棠身後的叔叔吼道的。

「妳以為當年我為什麼會撿她回來？」叔叔微微一笑，「因為她有與生俱來的能力，簡稱**我見猶憐**。」

在人界混跡這麼久，多少悲慘孤苦的人他沒見過？在寒風中即將凍死的孩子們即使朝他伸手，他也不會出手，看著死神在旁等待某個人，他跟雅姐都會無視，因為那是他們的命。

可是，在垃圾車裡的小小嬰孩，卻讓他破例了。

他聽見了哭聲，就想走進巷子裡看看，他瞧見了蒼白的小小身體，就想抱起來呵護。

我、我見什麼猶憐？闕擎聽著叔叔所言，突然覺得……好像是這麼回事！

「記得當年我抱她回店裡時，妳不是很訝異嗎？而且還責怪我違反規律，用還魂術讓她甦醒？」叔叔邊說邊走，但其實巧妙的逼近拉彌亞，「但我其實沒做什麼，我撿到她時，她一息尚存，我只是給了她活下去的生命力而已。」

還魂術？抱著嬰孩的楊萱玫雖然盡可能讓自己沒有存在感，但她還是聽到了關鍵詞，是不是……她的米米果然是有希望回來的！那個女孩就是還魂術復活的嗎？

「我？」連厲心棠都一臉懵，但她沒有回頭看向叔叔，反而更加楚楚可憐的望著拉彌亞，「別傷害我，拉彌亞，我很怕……」

看著她的淚水，拉彌亞只有一陣心疼。

「妳無法、也不會傷害她的！拉彌亞，仔細想想，爲什麼沒有一個惡鬼面對她時，會對她即刻下殺手？記得嗎？之前雪地裡，食人鬼與她面對面時，爲什麼我不怕食人鬼吃了她、還阻止妳出面？因爲大家看見她，都會遲疑！」

厲心棠不是沒有能力的人，除了感受亡者情緒外，她天生的能力就是能讓人看著她會無法立即痛下殺手，讓她有時間反應甚至逃走，具有一定程度有效的避禍！

是啊！闕擎回憶在腦子裡奔騰，不禁抱怨：「馬的！所以每次我都被襯托成砲灰就是這樣嗎？」

哪次不是他傷得比較重啊？惡鬼厲鬼跳過她後，就是針對他啊！

「原來啊……」身後的德古拉也跟著讚嘆，看來他也不知道。

難怪，棠棠是那麼惹人喜愛的孩子，也難怪即使是人類，再凶惡的惡鬼來到「百鬼夜行」做客，也都不會對她太差。

「妳這麼愛她，就更不可能傷害她的。」叔叔加重了語氣，「拉彌亞，沒有母親會傷害自己的孩子的！」

母親？拉彌亞對這個詞動容，就在分神的瞬間，叔叔出手了！

就是現在——拉彌亞蛇尾消失成雙腳，直接被打進洞穴深處，厲心棠即刻轉身衝向叔叔！

叔叔根本不如表面的平靜，他擔憂的張開雙臂，要將最疼愛的孩子摟入懷中。

「闕擎！」

那個最疼愛的孩子，梨花帶淚的掠過他身邊……直直奔向他身後的男孩！闕擎騰出左手勾住她，避免她撲上來加重他的傷勢。

女孩知道他的傷，很有分寸的雙手環住他的頸子，全身抖個不停，泣不成聲。

「我只想跟你一起當人類！」

喔喔，德古拉退後了幾步，看著眼前小倆口的膩歪，前方十公尺的「父親」

看起來正火冒三丈，老大雙手還開著咧。

「妳、妳別給我拉仇恨值了！」闕擎嘴上這麼說，但卻緊緊勾著她，「她沒割傷妳吧？」

厲心棠搖了搖頭，可愛的小臉哭得紅腫，眞的是我見猶憐!!

啪噠！巨大蛇尾擊中洞穴頂端，整個洞穴爲之震動，落石紛紛，闕擎下意識護不了她，只能把她往洞外推。

「出去吧，離開這裡拉彌亞就不能得逞了！」德古拉也拽著闕擎往洞外去，「離開她的巢穴！」

是啊，離開了拉彌亞的巢穴，就不能做她的孩子了！

距離不遠，只要出去就安全了！

「這小子……不回我訊息，裝死啊！」

洞穴外，有一大隊特殊警察甚至包括軍人站成了一排，蔡平昌就在前方指揮著。

「長官，守在這裡有用嗎？」

「今天不拿下他，就對不起犧牲的弟兄了。」蔡平昌神情嚴肅，充滿殺氣。

上午去縱火的弟兄兩名、跟監失蹤的弟兄四名，就在剛剛，他們失去了今天跟蹤他的弟兄下落，同時得知了在寧靜街上蹲守的一整隊六人，都在租下的監控室裡自殺身亡了。

他越來越理解，為什麼程元成會讓私仇凌駕於公事了，因為這真的太過分了，士可忍孰不可忍！他不知道還能看自己的弟兄犧牲掉多少？

「百鬼夜行跟那間神經病院那邊的人都佈署好了吧？」蔡平昌冷冷的問，「我就不信，他能狠心到全部都捨棄。」

他帶領著一隊特殊警察前來，大部分的人只知聽令行事，並不深刻理解箇中原由。

蔡平昌並不想知道闕擎來到這裡、進入那個洞穴做什麼，他們能經歷的事都很玄幻，但他只要專注於他這個人就好——讓他答應為國家做事，並帶走他。

「長官。」下屬遞來電話，是國安局的長官，JB。

蔡平昌恭敬的接過，一一匯報，「我知道，我有信心，我們現在掌握了他所有弱點……是、是，我理解！」

「如果他真的完全不在乎那些人的死活……我們得不到的，也不能讓別人有機會得到。」

組長下了令，蔡平昌緊窒的深呼吸，「我理解了。」

如果真的無一人能要脅闕擎的話，那……他也沒有存在的必要了。

惡魔與妖怪的打架實況雖說難得，但並不適合觀賞，光是拉彌亞那有力的蛇尾不定時拍在洞穴裡的聲響，就足以讓人心驚膽顫，深怕下一秒就會打碎自己的骨頭。

闕擎帶傷推著厲心棠要奔離巢穴，但厲心棠一瞄到變異的楊萱玫，就不可能忽略她手上抱著的嬰兒，利用法器傷害她後，搶了就走！

「把孩子還給我！那是我的孩子！」楊萱玫膽小怯懦，但扯到孩子她就會跟瘋了一樣，什麼都不怕的急起直追。

「她不是妳的孩子！妳孩子已經死了，都燒成炭了！那本書裡的召魂術是假的！妳殺一百個孩子都不可能會成功！」厲心棠抱著女嬰往前跑，闕擎有氣無力的跟著，他痛得要命，動作緩慢，但楊萱玫的小蛇尾啪啪啪的依然驚人。

「騙人！」唰地一下，楊萱玫竟繞到他們正前方，攔住了去路，「妳也是被還魂術復活的人，我剛聽見了。」

「妳耳包嗎？叔叔撿到我時我就還有呼吸！」厲心棠咬了咬唇，突然回頭把女嬰塞給了闕擎。

咦？為、為什麼給他啊？闕擎全身僵硬，他一點都不想抱這種軟綿綿的東西！

哼！法器她也有，厲心棠拿出了十字唸珠，這上面有三種混合宗教，瞎貓都能碰到死耗子的！她不客氣的朝楊萱玫甩去，剛剛才吃過虧的楊萱玫當然格外留意，她的蛇尾趁機偷襲，厲心棠竟俐落閃過。

對啊，我見猶憐嘛！闕擎突然放下心來，大家攻勢會遲緩些也正常，好像也不必太擔心，說不定楊萱玫在最後關頭也下不了手？

不過他們撞鬼的紀錄裡，她還是有受傷的，遲疑不代表不會下手，拉彌亞是因為太愛了。

剛剛一陣攻防後，厲心棠趁機往前滾了一大段，離洞口更近了些，闕擎抱著嬰兒也趁機朝前，並且打算趁著他們往右邊混戰時，能從左邊的空隙溜走。

楊萱玫對蛇尾的運用自然不如拉彌亞成熟，但阻斷去路還是能的，只是在她預備捲住厲心棠的雙腳時，卻看見了她從衣內滑出來的鍊子。

她脖子上掛了一大堆的法器、唸珠、十字架、護身符、佛珠，當然也包括那個生命樹項鍊。

楊萱玫下意識撫向自己的胸口，她的項鍊……啊！

「我的項鍊！」她怒眉一揚，指向了厲心棠的胸口，「那是我的東西！」

該死！闕擎立即暗叫不妙。

厲心棠低首一瞧，壓住自己胸口那一大串，「這我的東西，什麼時候是妳的了？」

闕擎抱著嬰孩上前，用手肘推了她的背，走啊！別鬧了！

磅！蛇尾突然在身後打下，震動到闕擎差點站不穩，他及時拉住厲心棠穩住身子，後方看起來很激烈啊！

「那是我的……」楊萱玫咬著牙索取，厲心棠回身接過孩子，大跳著往前去！「不許帶走我孩子！項鍊也還給我！」

她要追，卻突然被無形又帶攻擊的牆擋了住。

原來剛剛厲心棠利用閃躲時，將法器繞著楊萱玫繞了個圈，把她困在裡頭了！她一手抱著嫩嬰，一手攙著闕擎，想趕緊離開這裡。

「米米，那是我的米米！她就要回來了！」楊萱玫驚恐的喊著，法陣已畫，祭品已上，這一次她的孩子一定能回來的！

往前撞，那法器就會傷害她，可是……如果她不去搶回那孩子，米米就沒有身體了！現在的情況，她沒有辦法出去再找另一具身體的。

咬著牙，楊萱玫忍著全身刀割的痛楚，突破了法器結界，鮮血四濺，她每撞一下，全身上下就會被無形風刀切割，但這都無法阻止她的行動……闕擎回首看著她咬牙也要突破結界的決心，這就是身爲母親的堅強吧！

知道楊萱玫忍著疼追過來了，蛇移動的速度比他們快得多，手上有蕾絲戒的闕擎自是殿後，突然回頭擋住楊萱玫。

「妳的在這裡，那條項鍊是棠棠出生時就戴在身上的。」他手一鬆，一條鍊子突然從他掌心落下，在半空中晃盪，「妳要不要解釋一下，小柔是誰？」

楊萱玫看著在眼前晃動的鍊子，顫抖著手接過，然後再看向即將出洞口的厲心棠，她正吃驚的回首，胸前一模一樣的鍊子也正晃盪著。

二十四年前，這條鍊子是戴在那個嬰孩身上的，但是施咒後孩子抽搐失禁，全身發紫斷氣，她只好把嬰孩扔了！難道她是……

「我以爲妳死了……被流浪狗或貓咬走了！」楊萱玫喃喃說著，「我後來有回去要拿回項鍊的，但是我回去時妳就不見了……」

厲心棠緊緊抱著嬰孩，只是遠遠的看向拼命撞向結界的拉彌亞，叔叔在洞穴裡築出一整片的結界，拉彌亞也不停的撞擊，藍血飛濺，她整張臉已經變得非常駭人扭曲，凸出的雙眼大喊著：「不要離開！」

「我、要、當、人。」

她一字一字，是對著拉彌亞的眼睛說的。

轉回身子，她堅定的朝著洞外走去，只是才沒走兩步，雙腳倏地被蛇尾一掃，整個人狼狽的往前撲倒！

「哇！」

沉睡的嬰孩因而飛起，受傷的闕擎根本不可能救，但那小蛇尾卻準確的捲住飛天的孩子，唰地又給捲回，重新回到了楊萱玫的懷抱！

她渾身是血，雙眼都已經因爲瘋狂的渴望也轉紅，失而復得般緊緊抱著嬰兒，趕緊回身就要衝回她的法陣。

「小柔是誰？妳還沒回答闕擎！」厲心棠咬牙站起身時，對著楊萱玫大喊，

「我就是小柔對吧！」

第十三章　母親

厲心棠？闕擎倒抽一口氣，爲什麼她知道？他以爲剛剛那距離她聽不見的！削瘦的背影戛然止步，楊萱玫眞的太乾瘦了，而且她背上滿是暴露的青筋與血管，在闕擎眼裡，她全身都散發著像鬼魅的氣息，說不定在使用惡魔詛咒的某刻她就已經死了，再幻化成這個人身蛇尾的姿態。

「米米被燒死時，妳是懷著孩子的，妳戶口上的老二到哪裡去了？」闕擎小心翼翼的觀察著厲心棠的神情，「那個叫小柔的孩子既沒給妳婆婆跟大姑撫養，也沒有任何消息，但卻有另一個戴著同款項鍊的女嬰，被扔在垃圾子母車裡。」

她不該這樣的。

楊萱玫努力的去回憶遙遠的過去，她眞的太愛太愛米米了，她無法承受無辜被燒死的她，一心只想要她回來。

「妳那個世人所謂的瘋子鄰居鄭海莉，趁機教妳返魂咒對吧？但移魂就需要有個身體。」闕擎轉頭看向了厲心棠，「在妳綁架其他人的孩子前，妳直接使用了剛出生的女兒是嗎？」

「我是不得已的，都是我的孩子，我只是、我只是……」楊萱玫使勁的抱著嬰孩，痛苦的蜷起身子蹲下，「我想要米米回來！她還這麼小，他爲什麼會被燒死！」

但是，另一個也是她的孩子啊！她竟把二女兒當成老大的降魂軀殼嗎？

德古拉協助叔叔多加了層防護，因爲拉彌亞已經不顧遍體鱗傷的衝撞，他注意到了這裡的狀況，神情嚴肅的催促著。

「囉嗦什麼啊，快點出去！離開巢穴！」

「闕擎，刀給我。」厲心棠突然大跳向前，朝向了楊萱玫。

闕擎將隨身攜帶的刀扔給她，楊萱玫警覺的回首看向厲心棠，但她沒有攻擊，因爲這一次，她已經意會到厲心棠是誰了。

楊萱玫，是厲心棠的生母啊。

不僅拿她當成老大返魂的軀殼，甚至在失敗後還把孩子扔在了垃圾子母車裡。

「妳回去不是找我，是找項鍊吧，這麼重要就還給妳！」

厲心棠扯下了頸子上的項鍊，冷不防的朝楊萱玫扔去。

她並沒有完全朝著她去，而是朝蛇尾的尾端走去，在楊萱玫伸手接住時，驀地發出慘叫：「啊——」

厲心棠一刀子插進了蛇尾裡，刀子是淨化的法器，楊萱玫的蛇尾疾速泛黑；厲心棠大跳著來到痛苦扭曲的楊萱玫身邊，再度搶過了嬰孩，可是楊萱玫太堅持，即使蛇尾正在焦化，她還是拼命的想保下嬰孩。

「不能帶走，這是米米的身體——」楊萱玫死扣著嬰孩，嬰孩因疼痛而酥醒，開始哇哇大哭。

「不要再濫殺無辜了，妳第一次召魂就成功了！」厲心棠突然大喊著，「我是妳的小斑鳩啊！」

什麼!?闕擎以爲自己聽錯了。

小斑鳩這個詞，他才十幾分鐘前聽楊萱玫喃喃自語過，厲心棠爲什麼……

鄭海莉是信奉惡魔的，他問過她教給楊萱玫的詛咒是什麼，她斬釘截鐵的說，那就是召回亡靈的方式，絕對能把米米的靈魂喚回……所以，當年眞的第一次就成功了？

楊萱玫愣住了，她不可思議的看著厲心棠，腦袋一片空白。

厲心棠順利搶回了女嬰，逼近楊萱玫咬牙說著，「我恨妳，因爲妳把我扔進垃圾子母車裡了！但我也謝謝妳，把我扔進了垃圾子母車裡。」

她決絕的說著，抱著女嬰旋過身，朝闕擎使了個眼色，毫不猶豫的一路朝洞外奔出。

「啊啊啊——米米——」意會過來的楊萱玫發出淒厲的慘叫聲，「媽媽不是故意的，媽媽——」

人影倏而來到她的面前，闕擎蹲下身子，捧起那痛哭失聲的臉，楊萱玫那雙再也無法闔上的眼睛就這麼看著闕擎，她無法閉眼、也無法閃躲，只能看見這男孩黑色瞳仁逐漸擴大擴大，直到塡滿了眼眶。

「妳只是打著母愛，在做傷害孩子的事，並非只要妳愛著孩子就可以爲所欲爲，而且小柔明明也是妳的孩子，至於別的小孩，也有他們的母親疼愛，別人折磨妳，不代表妳有權去折磨他人。」

闕擎後面那句，是對著在結界瘋狂衝撞的拉彌亞說的。

扔下楊萱玫，闕擎一拐一拐的往洞外走去，洞穴依然震顫，拉彌亞的尖吼聲長嘯著，而楊萱玫木然的舉起右臂，咬下自己手上的肉，一口一條的嘶咬著，然後啃起自己的血肉與骨頭。

如同拉彌亞吃下別人的孩子一般，只是楊萱玫享用的是自己。

厲心棠離開洞穴，懷裡的嬰孩啼哭不已，這裡距地面還有段小落差，不高，是段斜坡，可是抱著孩子她眞的不會走。

「闕擎……」

「別看我，我是傷患。」身後是慘叫與怒吼聲的回音，震得人耳朵難受，

「能再走下去點嗎？我覺得站在洞穴門口不太好。」

總覺得還是拉彌亞的領地範圍，等等蛇尾一捲，就能把厲心棠再捲回去。

厲心棠只好壓低重心，小心的往下走，剛剛上來都是靠拉彌亞，沒想到下去的路偏又陡，雖然一堆石頭有磨擦力，但萬一撞到可就疼死了！

闕擎身上的手機開始震動，他很不想理睬，直到電話打來……會打電話的都沒好事。

「請說。」

「你以為你有拒絕的選項嗎？話說你現在看起來挺狼狽的！」

嗯？闕擎警覺天線即刻豎起，趕緊朝前喊著，「厲心棠！停下！」

厲心棠立即止步，前面剛好有塊大石頭，她就著大石原地蹲下，緊張的回望。

「我不會被任何人所用的，在國外是，在這裡也是。」闕擎向前幾步，往下方看去，果然看見了拿著手機的蔡平昌，「你追到這裡來也太勤勞了吧？但你就算跟到我家裡，我答案還是一樣！」

厲心棠探頭而出，剛剛都沒注意到，下方這麼多人啊！

「是嗎？我還有一個小隊在『百鬼夜行』外，另一隊在神經病院。」蔡平昌驕傲的說，『我們不惜動用各種力量，換得你的同意。』

厲心棠把嬰孩小心放上地面石頭縫的角落，「他們今天早上放火燒店喔！」

「我不受要脅的。」闕擎直接掛上電話，多說無益。

蔡平昌瞇起眼看著他，他們相距不過十幾公尺，只是闕擎的位置高了點，兩兩對視，他氣不打一處來。

「油鹽不進的傢伙。」他嘖了聲。

闕擎右手轉著蕾絲戒，心裡有些盤算，他突然主動往前，就差那麼幾步路，他要親自去找蔡平昌談談。

「我過去找他們談，妳帶著孩子下去後就等叔叔他們，絕對不要穿過沼澤。」

他抬頭，天快黑了，希望今晚誰都別在這裡過夜。

「不行！你受傷了！萬一他們——」厲心棠倏地站起，一下就擋在他面前。

砰！

聲音比感覺快，闕擎聽見槍聲時先是錯愕，眼前的厲心棠雙手還正握著他的雙臂呢！他們正相互對視著，接著是幾秒鐘的狐疑，然後……痛苦瞬時漫開，伴隨著厲心棠痛苦扭曲的臉。

「啊……」她痛得彎下身子，原本抓握著他臂膀的手滑了下去，厲心棠倒下，闞擎試圖抱住她，但他也根本撐不住，兩個人直接從上頭摔了下來！

蔡平昌完全措手不及，他發狂的回首，「誰！誰開的槍！」

一位年輕警察沒有任何否認，他發顫的手舉起，雙眼熱淚盈眶，「他殺了我哥!!」

「你也不能——啊！」蔡平昌才想往前，但立即止步，「撤！立即撤退！」

「長官？」

「必須把我們的痕跡抹掉，我們不能在這裡、我們今天誰也沒在這裡！」他看著從上方一路滾落在地上的兩個人，「得找人處理這邊……對！打電話叫章警官出來處理。」

空中依舊迴盪著嬰孩淒厲的啼哭聲，但是掉下來的闞擎跟厲心棠，卻是動也動不了。

子彈是穿過厲心棠再穿過闞擎的，同時貫穿他們的肺部，血大量的往外流淌，摔下來的頭與骨折不在話下，他們摔落後分向兩邊彈開，闞擎伸長手也觸不到厲心棠……而那枚蕾絲戒指，果然只為保護厲心棠而存在。

他趴在地上，而厲心棠是仰躺，她開始劇烈的咳嗽，鮮血從口鼻濺了出來，上方洞穴裡歇斯底里的拉彌亞正瘋狂與叔叔對打，楊萱玫還沒把自己啃完就已氣絕，此時，德古拉卻嗅到了他最最最熟悉的血腥味。

「棠棠！」德古拉驚恐的閃現到厲心棠身邊，「天哪……出什麼事了!?」

厲心棠的胸口已被鮮血染紅，她說不話來，肺部出血讓她猶如溺亡般的難受，根本無法呼吸，德古拉隻手抓起闕擎的後背，粗魯的甩翻過來，這個傢伙也一樣！

叔叔倏而出現在身邊，大手壓住厲心棠的胸口，但鮮血卻從指縫間拼命湧出，他抓起闕擎的右手，不敢相信的看著上頭戴著的戒指。

「妳怎麼會把蕾絲戒給他？」叔叔痛心的吼著，「那是我給妳的啊！」

厲心棠沒辦法說話，嘴角很想擠出一絲笑容，可是實在太痛了，痛到……她……

「對不……」闕擎連道歉都沒辦法，噗嘩的吐了一大口血。

他太自信了！他以為可以用這個戒指賭一賭，不，他自信在於認為政府會放火燒「百鬼夜行」，可能也會燒了精神療養院，但要他的能力就不會對他下手。

他太自以為是了。

「啊啊啊啊啊啊——」尖銳的叫聲來自上方，拉彌亞看著在血泊中的厲心棠，幾乎瀕臨了崩潰。

她最害怕的時刻，居然來得這麼快！

「送醫來不及！」德古拉緊握著拳，「但如果，我能把他們都變成吸血鬼的話……」

「不行！」叔叔當即否決，「不能讓他們變成……吸血的……」

「這就是你要的嗎？讓她以人類之姿成長，讓她以人類之姿死去，這麼快就離開我們！才二十四年啊！」拉彌亞歇斯底里的喊著，「都是你的錯，利維坦，你明明可以做到更多的！」

叔叔看著瘋狂的拉彌亞，他也痛心啊，可是……「她說，要當普通人的！」

拉彌亞搖著頭，她拒絕接受這樣的現實。

冷不防的蛇尾左右打飛了叔叔與德古拉，她迅速的捲起厲心棠，另一手拉起闕擎，唰唰唰地回到了她的巢穴深處。

「來不及的！拉彌亞！」叔叔重返洞穴，「就算妳要換血也絕對來不及的，他們快走了……讓他們平靜的去吧。」

拉彌亞拖著他們來到洞穴深處的一處積水湖邊，厲心棠因難受與疼痛在哭泣，而闕擎的痛覺卻在消失中，他覺得，平靜的人生似乎就在眼前了。

厲心棠就在他旁邊，他用盡最後的氣力終於碰到了厲心棠，僅僅只是小指勾到，卻連握住她的手都做不到。

「有更快的方法。」拉彌亞抬頭看向叔叔，「你得幫我，利維坦。」

叔叔從不解到狐疑，乃至於恍然大悟，完全不敢置信！「拉彌亞？妳知道妳在做什麼嗎？」

耳邊的對話很清楚，但眼皮很沉重，闕擎其實有很多話想說，但現在他只知道一切都將平靜下來，他的人生這樣就夠了，再長也是種折磨。

幸好，最後可以觸及的，是厲心棠的體溫。

或許再多一點時間，他就能自在的說出對她有好感，對於一個從未體驗被愛與愛人的人而言，很多表達對現階段的他而言都太難了！只是，他知道，厲心棠幾乎就是那個唯一。

不過，晚了，或許什麼都沒說，對他而言是……最……

女孩抽搐哭著，實在太痛了！血不停的灌滿她的肺腔跟鼻腔，嗆得她難受，她好想翻個身，但怎麼都動不了。

猛地一股力量突然壓上胸口，有大批的力量傳了進來。

「拉彌亞！」德古拉簡直不敢相信，拉彌亞正在把力量分給棠棠！

一般人所謂的妖力、靈力或法力怎麼稱呼都行！總之，她把屬於自己的所有力量，都過給了棠棠！

衣下的傷口迅速癒合，厲心棠感受到明顯且強烈的力量灌入她體內，她瞪圓的雙眼漸漸變成了琥珀色，狠狠倒抽一口氣後原地仰坐起！

「啊……」體內的力量強勁的衝撞著，她也正承受著這股衝擊！叔叔趕緊繞到一邊攙住了厲心棠，好讓她能枕著他，同時穩定在她體內的力量。

厲心棠面前的拉彌亞卻漸而虛弱，她巨大的蛇尾逐漸變成了雙腳，無力得癱軟倒下，幸而德古拉先一步抱住了她。

「早知道……這樣就好了對吧？」拉彌亞有氣無力的說著，「這是最好的方式……」

厲心棠不再感到疼痛或是難以呼吸，她看著眼前開始變模糊的拉彌亞，一時無法理解，「不不不……妳做了什麼？拉彌亞！」

望著那比她還澄澈的亮琥珀雙眼，拉彌亞竟有種欣慰感，她愛憐的撫摸著厲心棠的頭髮與臉頰，輕輕的笑著。

「別怕，我會把妳的傷帶走，把妳的脆弱、病痛全部拿走……」淚水緩緩滑下，拉彌亞卻始終含著笑意，「我……會守護著妳的！」

「妳不行這樣……不行！」厲心棠哭喊著轉頭，「叔叔，我已經好了！我沒事了！可是拉彌亞爲什麼變這樣？」

叔叔沒說話，只是擰著眉，悲傷的看著她，搖了搖頭。

「我沒事的！別、別擔心我！」拉彌亞的手終究無力的垂下，厲心棠立即緊緊接住，早已泣不成聲。

「爲什麼這樣做？拉彌亞，妳對我做得太多了！」厲心棠將她冰冷的手拉起，緊緊貼在她的兩頰上，「快拿一點回去，我只要……傷口好了就沒事了！」

拉彌亞笑了，她笑得既美麗又溫柔，盈滿慈愛的淚眼始終凝視著厲心棠，能多看一秒是一秒。

「傻孩子，母親永遠願意爲孩子做任何事的。」

淚水模糊了厲心棠的視線，她崩潰的大哭失聲，撲上前緊緊抱著無力癱軟的拉彌亞，不停喊著：「把力量收回去啊……」

拉彌亞喜歡棠棠的擁抱，一直都很喜歡，她的一生最終被這個無血緣的女孩所救贖，沒想到最後一刻還能享有這樣的擁抱，她將下巴輕靠在女孩的肩頭，望著在女孩身旁的叔叔。

「麻煩你最後一件事，老大！」拉彌亞虛弱的要求著，「我眞的累了，能不能讓我……好好……睡個覺？」

無法閉眼的拉彌亞，無論如何疲憊都無法闔上眼。

感受著臂彎之間的身影越來越透明，厲心棠再怎麼使勁擁抱也圈不住變薄的軀體，她哭喊著死都不願鬆開手，但最終是德古拉強行將她們分開。

「讓她睡吧。」德古拉扣住她掙扎的身體，低沉的說，「她太久沒好好睡一覺了。」

厲心棠無力的痛哭著，看著躺在一旁不再有動靜的鬩擊，再看向叔叔微笑著趨前，隻手箝著拉彌亞的下顎，誠懇的向她道謝。

「謝謝妳這麼愛著她。」叔叔由衷感激，「妳眞的是她另一個母親。」

拉彌亞滿足的微笑著，接著叔叔伸手向前，二話不說將手指戳入了拉彌亞的雙眼，活活摳出了她那一雙淡黃色的眼珠。

「叔叔——」厲心棠尖叫出聲，德古拉依然制住她。

「只有這樣拉彌亞才能睡去！」德古拉趕緊喚著。

是啊……拉彌亞綻開微笑，即使沒有眼皮，她也終於能好好的睡一覺了！

拉彌亞的形體隨風消散，唯一留下的是在叔叔掌心內那兩顆眼球，以及那風中的寄語：

我愛妳，棠棠，永遠都是……

「拉彌亞！」

淒厲的哭喊聲響遍了洞穴，甚至連在附近的沼澤地都能聽見，日暮西沉，這片陰邪之地的亡魂們亦跟著鬼哭神號；數輛車子在清理完現場痕跡後即刻離去，今天的晚霞奇特得如火一樣紅豔，燃燒著天空。

而遠在數十公里外，首都R區的山裡，有座與世無爭的「平靜精神療養院」，他們正用實實在在的火燄燃燒著天空！

寶藍色轎車在某個路段停下，前方交通管制，消防車已經全面出動，正在積極灌救；車內的中年男人又驚又急的衝下車，焦心的衝了過去，慌亂到出示警證時還掉落在地。

「章……章警官？不！不能靠近，火勢太大了！」轄區警察大喊的同時，背後傳來了爆炸聲響。

被大火燒爆烈的玻璃噴發，下方正在拉水線的消防隊員紛紛閃避。

「裡面有人啊，全是患者！」章警官緊張的吼著，「他們很多都被束縛，逃不了啊！」

「我們只能盡力，現在燒得太旺了，根本不能進去——」說著，背後又傳來爆炸聲響，「這可能有易燃物跟藥品，爆炸不斷，眞的太危險了！」

章警官不停的撥打著手機，但闕擎跟厲心棠都沒接，他們人在哪裡？有沒有在裡面？他看著火光沖天，火燄已經完全吞噬了整棟建築物，不管誰在裡面，都不可能有逃出生天的機會了。

爲什麼會失火？還在短時間內全部燃起？還燒得這麼徹底？他心裡起了股惡寒跟不妙的預感。

還在撥打電話，一通加密電話卻打了進來，章警官擰著眉看向來電，閃身到一旁較安靜的地方接起電話。

「喂。」

「章警官，有急事要你處理。」這聲音化成灰他都聽得出來，是蔡平昌。

「我現在在陳舊的冷案檔案室整理資料，還能有什麼事需要我處理？」

「我把地址發給你，那邊可能有命案，你找你的人一同過去處理，但不能聯繫當地警察，還得把現場處理乾淨。」

「先說清楚什麼事。」章警官看向天空，天色已暗，看來又是棘手的事。

「你去到那邊就知道了，屍體一定要帶回來，不能留痕跡聽見了嗎？」蔡平昌閃爍其詞，這讓章警官更覺得奇怪。

他深吸了一口氣，看向了眼前的奪命大火，怒不可遏。

「我幫你報警找轄區吧，別找我檔案整理的人了。」不給蔡平昌回應的機會，章警官直接掛上了電話。

他的小隊都被打散去做一堆文書處理了，擁有資源的蔡先生不處理，這怎麼看都是「我有一口鍋需要你來背喔！」的前兆。

章警官決意奔回車上，換了另一支手機繼續撥打闕擎的手機，努力調轉車頭，脫離車陣後，有更重要的地方要去一趟。

希望兩個孩子，人都還在「百鬼夜行」！

一巴掌狠狠甩下年輕警察的臉頰，力道之大讓他摔到地上，也只能立即站起，接受下一巴掌的懲罰！

「幹！」ＪＢ甩著手，打人手也是會痛的，「我們費盡心思就是要他這個人，你一槍就把他殺了！」

年輕警察頂著被打腫的臉站起，「報告長官，他殺了我哥哥。」

「那又怎樣！他是能爲國家做事的人，他能做到的事，你跟十個你哥都辦不到！」組長忿怒的吼著，氣急敗壞的抓過一旁的擺件，又狠狠往年輕警察頭上尻了過去。

蔡平昌在旁不敢吭聲，這是始料未及的意外，原本只是想要脅闞擎，誰知道隊上居然有人開槍射殺，而且還不只殺了闞擎，連那個女孩一起殺了。

這個年輕警察的哥哥，就是寧靜街的六人小組之一。

「你！你怎麼帶隊的？不是盡在掌握中嗎？」ＪＢ矛頭終於轉向了蔡平昌，「看看現在的狀況，人死了！死了！」

「對不起！我是眞的沒想到會出這個意外！」蔡平昌試圖爲自己開脫，「但您也說了，如果闞擎堅決不同意，寧可殺掉他也不能給他人利用……」

「問題是方法沒試完啊！你用那個女孩的生命威脅他了嗎？你放火燒了那間神經病院嗎？你打斷了護理長的腿了嗎？你斷了盲人護理師的指頭了嗎？都還沒啊！」ＪＢ簡直怒不可遏，待做清單一串，一個都沒試！「我舉個更直接的——你拿槍抵住章警官的頭了嗎？」

蔡平昌繃緊神經，不再說話，再多的辯解都顯得蒼白不力。

下午才發生意外，晚上他們就緊急在一間餐廳集合，這是極度密閉式的包廂，位在餐廳二樓且全面封閉，向來是讓他們議事吃飯使用的。

ＪＢ眞的完全無法預料事情走向，就差一點點，他幾乎就能得到這完美的武器，這是多大的功績啊！

「現場怎麼樣了？闕擎屍體呢？」

「我已經派人去處理，原本是叫章警官去的，但他公然抗令。」蔡平昌話裡話外都帶出了章警官的不可用，「我只好派另一小隊去，闕擎的屍體一旦運回來會立即回報。」

「屍體……我還眞不知道要屍體有什麼用！」ＪＢ眉頭都揪在一起了，「降魂術不知道有沒有用……」

既然負責了特殊能力者，他手下自然還有其他奇人異士。

「如果要準確降魂有點困難，因爲他跟『百鬼夜行』有關聯，我們的靈媒都說那是不可碰的。」得力下屬趨前，「而且同時發出警告，厲心棠是百鬼夜行的人，我們殺了她，只怕……」

「他們如果要個說法，就把這混帳綁起來，送去給百鬼夜行！」ＪＢ指著倒在地上、額角鮮血如注、癱軟無力的年輕警察喊著，「讓他去賠罪！是他殺的厲心棠！」

年輕警察難受得緊握拳頭，那女孩是誤殺！他瞄準的是闕擎，是那個女孩突然站起來的。

叩，焦急的叩門聲響，守門者從貓眼探視後打開了門。

「報告！您們看電視了嗎？」副組長焦急忙慌走了進來，「精神病院被燒了！」

什麼⁉蔡平昌詫異的趕緊抄起遙控器，打開電視，果然新聞主播背後就是熊熊大火！他第一時間轉頭看向ＪＢ，ＪＢ卻瞪大死魚眼看向他。

「我沒有！線我佈好了，利用安檢時放了炸藥，人員也潛入當清潔工，易燃物已備妥，但沒有下令我不敢燒啊！」蔡平昌趕緊出聲！

「那爲什麼會燒起來？是不是你們易燃物放太多了，不小心燒起來就一發不可收拾？」ＪＢ看著那火勢，搖了搖頭，「算了，闕擎都死了，那些神經病留不留都不是問題！」

「怕的是火災調查，因爲事出突然，也不是我們的人去搶救。」副組長語重心長，「這事情處理起來很麻煩。」

ＪＢ擺擺手，國安局做事，就沒有什麼事能稱得上「麻煩」。

「闕摯的屍體必須由我們解剖，看能不能知道他究竟是怎麼讓人自殺的。」ＪＢ走回桌邊，「我怕百鬼夜行搗亂！蔡平昌，那邊你去負責。」

「是。不過厲心棠的死……」蔡平昌怕的是這個，難以交代。

ＪＢ喝了口茶，略爲平心。

「沒有屍體便沒有死亡，找個地方把她的屍體處理掉，永遠找不到，這樣就只能算她失蹤。」ＪＢ滿心懊悔的是，等待這麼久的最佳武器，就這樣白白丟了！

他忿恨的瞪著那個年輕警察，眞是成事不足敗事有餘！

蔡平昌領了令，拎起那個年輕警察就要離開，但副組長卻攔下了他，「別眞的把他丟到店門口，你現在帶去賠罪就間接承認厲心棠死了。」

「我知道。」蔡平昌可沒那麼蠢。

年輕警察踉踉蹌蹌的被拖走，他其實心有不甘，他不理解爲了一個男人犧牲這麼多弟兄是爲什麼？過去再多疑問也睜一隻眼閉一隻眼，直到早上傳來哥哥的噩耗時，他就再也受不了了。

有什麼是他們幾十個爲國家做事的人不能做的？

蔡平昌拎著他跟自己的弟兄們離開，在走廊上時跟推著餐車的飯店人員擦身而過，餐車上放著的都是托盤，一份一份的，在這兒都是簡單吃，即使蔡平昌一整日未曾進食，但現在這種緊繃狀況下也沒胃口。

餐車進了房間，一共三層，放了二十幾份，大家迅速分發著，主管的菜餚自然精緻點，餐廳人員特別擺在最上面，遞給ＪＢ跟副組長。

「大家迅速吃，半小時後離開。」

「是！」

在餐車要離開時，ＪＢ叫住了餐廳人員，「喂，你們！」

兩名人員緊張的回頭。

「我們等等要分開走，後門的地方清出一條路。」他們一向如此，否則這麼多人出入也太顯眼。

後門其實是防水巷裡的垃圾區，各家店都在小巷外刻意圍一個木門，一般人以爲是私人地不能走，只要垃圾移動一下，能讓人離開就好。

「好！」老闆啞著聲說，每次接待這群人，都讓他心驚膽顫，偏偏這群客人又不能拒絕。

「讓外面的人也進來吃吧，等等把走廊封上。」副組長看著茶几上的四份菜，吆喝外頭的同僚進入，「是不是少了幾雙筷子？」

「啊，馬上送來！」老闆緊張的要死，趕緊拉著餐車離開。

外頭是一條兩公尺的走廊，每次這群客人來時二樓都必須封住，他把筷子交給員工，自己則急匆匆的到後門去準備清一條路出來，好送走貴客。

員工抓著筷子折返，禮貌的敲門後遞上筷子。

「謝謝。」來人接過筷子，頷首道謝，便立即關上門。

但是，關不上。

員工的腳正擋著門，來人緊張的抬頭一瞧，想說些什麼，但眼神卻突然渙散了；員工一把抽過筷子，閃身進入屋內，開門的人依舊站著一動不動，有人正在扒飯，有人卻也很快的注意到門邊的情況。

「筷子放下就可以走了！」另一個人上前朝他伸手要筷子。

「這麼簡單？不是一直想找我嗎？」

咦？所有人登時一愣，嚇得放下手裡的東西，迅速的掏出槍來，全部不約而同的指向員工。

「不許動他！」ＪＢ大喝一聲，緩緩的站起身，「我的天……你……」

白色帽子下是黑色的頭髮，較長的前髮下，是一雙黝黑的眼睛，和那張全部的人都記得的面容。

「你不是很想知道，我是怎麼讓人自殺的嗎？」

「你沒死……」ＪＢ簡直是喜出望外了，「我——」

話還沒說，整間房間裡的人齊唰唰地扔下了手裡的槍，緩緩轉向眼前的同袍，抽起了腰間的刀。

「做什麼……」ＪＢ感受到情況不對，而他的副手，正死死瞪著他，「等一下，闕擎！你——」

副手擎著刀，狠狠的就朝他衝了過來。

「好好感受一下吧！」

人們會看見此生最恐懼的事物，會拼命的想除掉威脅以保命，只是他們以爲在殺的「威脅」，其實都是在自殘；那年小小的他瑟縮在角落時，聽見的都是「救命」、「不要過來」等驚恐的叫聲。

只是他到之前才知道，原來當年古明中學的四四慘案時，他就已經能讓人們自相殘殺了……大概是將對方看成威脅吧！

現在回想起來才明白，另一個都市傳說所說的：練習無限可能。

他走出了包廂，還禮貌的關上門，一面脫下了白色工作服，順手掛上牆面，直到走出後門時，老闆正巧清出一條路，正揮汗舒一口氣。

「咦？」他看著黑髮男子，有幾分困惑，「先生，您是……」

「包廂的客人交代半小時後才能再進去。」闕擎衝著老闆微笑，「辛苦了。」

他打開木條門的栓子，從容不迫的走了出去。

老闆傻在原地，趕緊上前把門給關好，剛剛那氣質小哥他怎麼沒印象？今晚的客人好像也沒那位啊！

不過那人的眼睛還眞漂亮，老闆抬頭看了眼外頭路上的黃色路燈，可能是燈光的關係吧，他總覺得，那小子的眼裡，帶著一絲黃色的光芒。

第十四章 厲心棠

「百鬼夜行」今晚突然休店，所有的客人盛裝打扮前來，卻對這消息感到錯愕！擔憂凌駕於失望，因爲「百鬼夜行」幾乎沒有這樣過，而且從之前密集的消防安檢後，大家就很擔心店會倒，畢竟「百鬼夜行」可是連過年都會開業的地方啊。

「我沒有騙人，讓我查失蹤孩子的電話，是拉彌亞打來的。」

在大廳中間，設置了一大張桌子，章警官正坐在上面，非常激動的說著他冷不防被調職後的事。

他的小組拆散，他被調到首都的舊檔案室，每天就是歸檔與整理文書，這是明升暗降，而且完全不讓他接觸現場；他知道或許跟闕擎或是厲心棠有關，總之有人認爲他的存在會礙事！尤其當蔡平昌出現時他就明白，那可是國安局的人。

「拉彌亞居然跟你有聯繫？我不太信。」雪姬氣色並不好，眼睛哭得很腫，畢竟稍早之前，她親眼看著她照顧數日的一群孩子，尖叫著被吸入了地獄中。

施咒者死亡後，一路上獻祭的靈魂就被帶走了。

「電話是從這裡打出去的，我認得她的聲音，言語間也提及厲心棠。唉，其實不管是誰找我，但我也的確在關心孩童的失蹤。」章警官語重心長的嘆息，「就我經驗看來，這些失蹤案非常有問題，沒有電話、沒有贖金，卻連屍體都沒有。」

「拉彌亞讓他調查這些，是爲了給棠棠線索，讓她去查嗎？」狼人也趕回店裡，「做這些就爲了要把棠棠帶去她巢穴？那她幹嘛不直接提出邀請就好了！就像我會跟棠棠說，嘿，要不要去我老家看看？」

一旁幾個亡者都忍不住翻了個白眼，狼人鮮少在店裡，不知道最近店裡的氣氛。

「因爲我知道她不對勁！」

從員工休息區走出的德古拉一臉疲態，他已收拾好自己，看了眼空空如也的桌上，再度繞進了酒吧台裡，今晚，每個人都需要一杯酒……或更多杯。

「德古拉……」雪姬有些難受，有很多事她早知道。

德古拉很早就跟她提起，他覺得拉彌亞對棠棠的「愛」太過度了，不僅僅是保護，還多了佔有，甚至一直對老大讓她遭遇危險有意見，只給一枚護身戒更是治標不治本，最近越來越嚴重，所以德古拉認爲拉彌亞打算對棠棠做些什麼。

加上店外突然出現天使跟惡魔盯梢，這間接導致兩位老闆無法回到店裡，拉彌亞就能掌控全局！光是突然被監視這件事德古拉就相當懷疑，總覺得也有人在操作。

拉彌亞也知道德古拉在留意，所以自然不會過分明顯，而且她的洞穴與狼人的家鄉是不一樣，狼人的「家鄉」是眞的一處聚落，而拉彌亞的巢穴就只是一個潮濕陰暗、曾佈滿孩童駭骨的洞穴。

「差不多。」阿天也不太高興的以蘿莉之姿縮在一旁，「我去問了，有人放消息給各界，說人界有雪女之亂，而且是老大跟雅姐操控的！因此沒多久上頭跟下面都派人過來了！」

雪姬圓睜雙眼表示無辜，而德古拉深吸一口氣，眞不意外！都不必賭，他就能知道放消息的是誰！

「楊萱玫對孩子的渴望，剛好符合拉彌亞所要的，就把惡魔咒術書交給她了！拉彌亞根本並不在乎楊萱玫能不能召回她的孩子，她只是要讓棠棠注意到這件事而已。」畢竟，大家都知道，棠棠積極試圖拿回那本惡魔咒術書。

「我幫錯了嗎？」章警官顯得相當自責，「我也只是想找到那些孩子而已！」

「你沒錯，你沒錯的！」長頭鬼突然溫柔安慰，「只是那些孩子，應該是找不到了……」

如果拉彌亞存心要讓厲心棠上勾，就不會讓任何人找到屍體，她應該會幫楊萱玫處理掉那些小小屍體，也就一、兩口的事而已，拉彌亞對吃孩子很熟稔的。

「所以，拉彌亞究竟爲什麼要這樣？」章警官提出了最關鍵的疑問。

現場一片靜默，因爲這不是章警官需要知道的事。

德古拉端著一整個托盤走來，先遞給章警官一杯酒，再依序分給所有人，「您只要知道，一切都會沒事的就好。」

「沒事……闕擎沒事？厲心棠也沒事嗎？還有那間精神療養院的人……」

「都沒事的！我保證！」雪姬趕緊安撫他，「今天是一年一度的義大利麵日，醫護人員都帶著全醫院的人一起去吃義大利麵了！」

「咦？」章警官相當驚愕，這麼巧？

德古拉笑而不語，大家逕自舉杯先輕啜一口，數秒後，章警官就趴在桌上不醒人事了！青面鬼兩兩一組，四個人抬著章警官往一旁的包廂，接下來的對話，他不需要參與。

德古拉走到他身邊，看著響個不停的手機，直接關機了事。

所有人圍在桌邊，不知道該從何開口，小淘跑過來遞給德古拉一包眞空包裝的鮮血，他欣慰的收下，一飲而盡。

「今天，太累了。」德古拉舉起杯子，「敬拉彌亞。」

「敬拉彌亞。」

女孩站在廚房裡，看著瀝水籃裡的餐具，今天早上拉彌亞使用的杯盤都還在這裡，她煎了煎餅給她吃，泡了咖啡，甚至還切了水果，那是多麼幸福的一餐。

現今，卻已是物是人非。

二樓傳來下樓聲，梳洗完後的闕擎走了下來，厲心棠都沒有抬頭，依舊死死盯著那些杯盤。

「喝點什麼？」闕擎打開冰箱，不到一秒他就完全看清冰箱有什麼，新的力量他尚在適應中。

女孩沒有回答，他關上冰箱，決定從旁邊拿兩個茶包下來沖泡！看了眼厲心棠，便決定直接取走瀝水籃裡的杯子，她卻立即握住他的手阻止。

「妳想永遠都不用這些杯子嗎？」他低聲問著，她遲疑幾秒，終究鬆開了手。

直到茶泡好，她依然站在那兒動也不動，闕擎背靠中島，望著她的背影，喝了一口熱茶，深吸了一口氣。

「妳都知道對吧？」

厲心棠微顫了一下身子，微側首，「什麼？」

「妳早就知道拉彌亞想對妳做什麼，也知道她設計這些讓妳去追查，更知道楊萱玫扔掉妳……甚至知道她是妳生母。」

厲心棠回過頭，意外的是她竟沒有否認，「爲什麼這麼說？」

「妳是不是之前就可以感受到他人的情緒了？不只是鬼的，所以妳感受到拉彌亞對妳的意圖。」

「她只是愛我，希望我此生不遭到危險。」厲心棠冷靜的說著，「我的確知道她想做什麼，但是不知道她最終目的是也把我變成另一個拉彌亞。」

太陽幼稚園不是她用區區縮寫猜到的，而是拉彌亞腦子裡浮現的場景，她在提示縮寫時心裡正想著那場大火的新聞，所以她順著說出了幼稚園的名字。

再更早之前，她盧拉彌亞幫她占卜惡魔法陣的位子時，就已經有問題了。

「不說別的，我們第一次去河堤時，你沒發現奇怪的地方嗎？」厲心棠勉強的擠出笑意，「她占卜時說施咒正在發生，但是我們騎腳踏車到捷運站、再搭到A市、再換腳踏車前往河堤時，施咒才剛結束。」

是闕擎先說那屋子有問題，接著他們下車步行，未到廢屋剛好聽見街友被殺的慘叫聲！

闕擎完全沒有意識到這點，他驚愕的倒抽口氣，「她早就知道楊萱玫在那裡施咒！」

事到如今他才知道，當時他滿腦子都是奪下的項鍊，考慮的都是「爲什麼那女人會有厲心棠幼時在身上的同款項鍊」，完全沒留意到這個Bug！這種東西不需要共情都能察覺，厲心棠眞的比想像中的更加細心精明。

厲心棠點了點頭，「所以從那天起，我也格外注意拉彌亞的言行舉止，刻意拿拍到的徽章給她看，她立刻能連結那間幼稚園……光是她知道楊萱玫在哪裡施咒，其實就說明了很多事！」

「難怪，妳在洞穴裡會義無反顧的跟她走！不，光是妳跟她到那個洞穴就不對勁了。」闕擎挺自信的挑眉，「不對勁的地方是：妳完全沒有傳訊息跟我說。」

連吃蘋果咬到舌頭這種事都要分享的人，竟然沒有告訴他：拉彌亞要帶她去找楊萱玫。

厲心棠有點難爲情的抿了抿唇，「你不會換個角度思考嗎？說不定我貼心，我知道你正被蔡警官糾纏著，我希望……」

「少來，妳做什麼事都是硬拖著我去的。」闕擎毫不留情，「那楊萱玫的事又是什麼時候知道的？」

「最早在河邊廢屋，我感受到她的情緒、聽見她的聲音，或者說那讓我想起了一些事——但你也一樣啊，你拿到她的項鍊卻沒跟我說！」厲心棠瞇起眼，顯得不太高興，「你應該跟我講的，她就是把我扔在垃圾子母車裡的人！」

「那不能確定！一樣的鍊子不能代表她就是扔掉妳的人……對，我是有想過，畢竟她一直在召魂！但是，她召個魂幹嘛在妳身上放項鍊？」闕擎提到這點就搖頭，「直到我去查了她戶口，發現她有另一個女兒，是在那個米米被燒死後兩個月後出生的，加上她那個鄰居說，如果能用同血緣的軀殼可能更好，所以——」

「鄰居什麼時候說過這句了？」厲心棠再提出質疑，在楊萱玟婆家老屋時，她才是被鬼拖到回憶裡的人，當年被害的小小孩偷聽時可沒這段！

「那個鄰居在我的精神療養院裡，她是惡魔信徒，召魂法也是她教給楊萱玟的。」

厲心棠冷笑一抹，捧起熱茶喝著，「你也很多祕密沒說嘛！」

「我對妳向來什麼都不說，這叫正常！」闕擎說得理所當然，獲得白眼一記。

厲心棠原本的眼珠是深棕色的，乍看之下沒有變化，但其實變淺了點。

「我一開始感覺到那女人是丟棄者，但完全沒想到她是我生母，一直到你提到二女兒時我才明白，原來我眞的是個徹頭徹尾的工具人！我生母要用我來讓大姐復活！」厲心棠淒楚一笑，「只是她以爲我死了，竟然這麼快就把我扔了。」好歹是自己的孩子，就算不是那個米米，至少也不該把她扔進垃圾子母車裡吧！

闕擎不動聲色看著她苦笑後，放下熱茶去冰箱裡找零食，「妳記得她都叫妳小斑鳩？所以——她第一次召魂就成功了對吧？」

厲心棠微怔，旋即搖了搖頭，「才不！那時我完全感受到她的情緒跟想法，我知道她一直叫被燒死的孩子小斑鳩，我才刻意用這個誅心的！」

讓楊萱玫認爲她不但早就召魂成功，還親自把復活的孩子扔進了垃圾子母車裡。

闕擎沒做反應，他不知道厲心棠說的是眞的、還是假的了？

楊萱玫的屍體是厲心棠親自處理的，她婉拒了叔叔或是德古拉的幫助，她認爲自己好歹承了楊萱玫的一點兒血脈，送她最後一程仁至義盡；擁有新法力的她，輕而易舉的將那啃蝕的亂七八糟的遺體帶下去，直接拋進了沼澤裡。

當她把兩條項鍊一併丟掉時，闕擎幾乎看不見她眼底有一絲的不捨。

的確，這種母親，有什麼好值得留戀的？

那個倖存的嬰孩被放到了路邊，他們親眼見到被路人發現後才離開的；而那些無辜的祭品們，之前那幾個他們管不到，但這次這個街友也一起到沼澤裡與楊萱玫作伴。

其他的事情，就託給唐家那兩姐弟，幼稚園需要再去超渡淨化一次、楊萱玫婆婆的老屋也是，至於沼澤暫時就別碰了！

「妳之前就知道自己我見猶憐的能力嗎？」闕擎再問。

她搖了搖頭，捧起巧克力盒遞到他面前，讓他挑一個，「叔叔說了我才知道，但我覺得很合理啊！所以就趕緊跟拉彌亞撒起嬌來了……但沒用。」

闕擎實在沒吃甜食的心思，但她這麼期待，只好勉爲其難的拿一顆。

「她很執著，執著到讓我都覺得可怕，但我沒有救妳的能力。」

「我也沒有，拉彌亞一心一意就是要把我全身的血換掉，我求她時，我只感到她更堅定的信念……」她垂下眼眸，「其實事情根本不必弄到這樣的！拉彌亞下不了手後，我只要離開洞穴，她或許就可以冷靜，叔叔能讓她不接近我，只要等一段時間過後——」

厲心棠猛地看向闕擎，雙眼已噙著淚，她戛然而止的下句話是：只要那些人沒來找你麻煩。

是，蔡平昌是最大的意外，他們不該在那裡，甚至他們不該會傷害他！

「如果，妳沒把戒指給我……」

那麼，就算當時她擋在他面前，說不定戒指就能開啓防護，阻止子彈的貫穿。

「不可能的，我看到你在洞穴時都傻了，還有個拉彌亞2號，當時我已經感覺到拉彌亞可能想要做什麼，我只想避免她傷害你！」

因爲，那時她至少認爲拉彌亞是不會傷害她的。

其實戒指不算完全無效，在拉彌亞的大蛇尾掃來時，他的確有一秒感受到戒指的力量，但最終當子彈射來時，戒指還是認了主人，對他並無作用。

「其實如果妳沒有意外被我牽連的話……呵。」闕擎忍不住笑了起來。

如果當時厲心棠沒有站起來的話，現在會如何？

拉彌亞依舊存在，或許回到店裡，或許被叔叔逐出「百鬼夜行」，而他可能已獲得了平靜。

「但我就是站起來了。」厲心棠一口氣呑掉一顆巧克力。

因爲她知道有人要殺闕擎。

那恨意與殺氣大到隔那麼遠她都感應到了，迫使她想試著保護闕擎，只是什麼都來不及，痛楚就傳來了。

她沒料到的是，拉彌亞會把所有的力量都給了她。

或許他們能送醫？或許叔叔能想辦法？但她就是沒想到……拉彌亞會選擇以命換命。

在拉彌亞過給她所有妖力時，她與闕擎是勾著手的，所以她的力量也分了些許給闕擎；也或許拉彌亞都知道，因爲她知道她喜歡闕擎，捨不得讓他死的對吧？

他們還不知道這些力量會改變什麼，身體也還在適應中，會不會永生也無人知曉，至少確定的是，他們絕對不再是普通人。

「是拉彌亞給了我們生命。」她突然幽幽的看向闕擎，「她比我的媽媽，更像媽媽。」

「是啊，妳的生母要把妳當姐姐的容器，失敗了直接扔掉，拉彌亞只是養育妳的其中一個人，卻給了妳所有的愛。」闕擎忍不住苦澀一笑，「我眞的非常非常羨慕。」

他是幸運分一杯羹的人，但卻分不到那樣的母愛。

厲心棠鼻子一酸，突然撲上前緊緊抱住了闕擎，「我會愛你的。」

嗯哼，闕擎沒有拒絕，至少厲心棠的喜歡，他是切實感受得到的，畢竟這是他黑暗人生中難得的微光。

他回以擁抱，輕輕的抱著瘦弱的女孩。

「我的事解決了，你的呢？」厲心棠擔憂的看著他，「精神療養院被燒了，國家的人不會這麼容易放過你的。」

「精神療養院是我自己燒的！」

「咦？」

「舊的不去，新的不來，那目標太顯眼，在事情結束前，我得把他們遷移到別處，至少別讓國安局的傢伙老拿他們威脅我。」

「百鬼夜行」他不怕、原本厲心棠他本來也不擔心，精神療養院是他最大的弱點。

「國安局的人你解決了一批，還會有下一批，千千萬萬批。」她依舊憂心忡忡。

「我有計畫的，妳放心，我可以一個一個去談談。」他深黑的瞳仁中間，一抹黃色一閃而過，「畢竟，我現在有拉彌亞的庇佑了！」

跟組長沒什麼好談的，就找國安局長，不行就一路往上找，直到這個國家的元首；中間可以跟這些官員的家屬認識一下，聊個天，這可是政府教他的：每個人都有軟肋對吧？

「她是愛我們的。」厲心棠依舊想相信，拉彌亞是同時救他們兩人，而不是順便不小心救下闕擎的。

或許吧，闕擎不喜歡探討沒有答案的問題，至少拉彌亞的確幫助他活下來了。

「我們該出去了，大家應該在等我們。」厲心棠繞出廚房，下意識往客廳的落地窗外望了眼。

他們穿過衣櫃，雙雙回到了「百鬼夜行」，一回到夜店裡就感受到悲傷，許多亡魂受到拉彌亞諸多照顧，得知訊息後無不悲悽落淚，厲心棠打開原本孩子們的房間，現在已經空無一魂，那些無辜的嬰孩已被惡魔奪去了。

走到一樓，德古拉張開雙臂擁抱了他們，桌上的冰珠是雪姬無盡的淚水，車禍鬼走來，報告著門口應該是蔡平昌在監視。

「我可以，離開嗎？」車禍鬼緊張的說著，「我想要處理我的事了。」

「咦？你想起來了嗎？」厲心棠倒是很爲他高興。

「是，我想順便謝謝你們，那個蔡先生就由我解決了吧！」

「什麼？不不不！你如果殺了人，你會受懲處的，你現在是普通的亡魂，萬一——」

「那個人撞死了我全家，沒有人知道，他也沒有刑責。」車禍鬼壓扁頭顱上是爆開的眼珠，此時紅淚正撲簌滴落，「我的兩個孩子跟妻子的屍體都被處理掉了，只有我不甘願的亡魂不散，才能到這裡來。」

啊……難怪從一開始，車禍鬼就說過蔡平昌很眼熟。

「去吧，只要你能爲自己做的事負責。」厲心棠拉過闕擎，他們幫車禍鬼做一點小小的助力，「等我們一下。」

他們走向正門，打開大門後，從容的走了出去，就站在那血盆大口的門前。

車裡的蔡平昌簡直不敢相信，他拿起望遠鏡，再重一遍——厲心棠與闕擎？他們、他們不是死了嗎？

「長官，那個是——」

「走！走！快點走！」蔡平昌慌亂的拍著前座，「我要立刻聯絡組長，還有那些去清理的人到哪裡去了！」

看著座車慌張駛離，厲心棠再往旁邊瞧時，車禍鬼已經不在了。

大門重新關上，他們朝大廳走去。

望著眼前的背影，闕擎其實是百感交集的。

他沒有懷疑過厲心棠與「百鬼夜行」任何一個人的感情，但是他眞的懷疑……她早知道拉彌亞對她有目的。

或許想看看拉彌亞究竟要做什麼，也或許她願意任拉彌亞處置，總之爲了怕被阻礙，所以才在洞口把戒指給了他；因此當拉彌亞說要取回惡魔咒術書，明明她只是個沒有助益的普通人，卻跟著去了？

擁有力量與永生很吸引人，她是眞的不想嗎？

當然，她可能也不想以人身蛇尾、甚至永世不能闔眼，當作獲得能力的代價，只是想知道拉彌亞究竟要做什麼。

他只是覺得，厲心棠其實知道很多事，卻隱而不語；例如，在楊萱玫婆婆的老屋時，她應該就已經知道楊萱玫是那個扔棄她的人了，甚至知道她是她的生母，畢竟……厲心棠長得跟楊萱玫實在太像了。

而且她最後對楊萱玫說話時，每個字都充滿了敵意，鄭海莉也對他說過，召魂一次就能成功了，厲心棠不也曾脫口而出？即使她說是故意騙楊萱玫的，但也有可能是眞的對吧？

是否二十四年前，米米的靈魂早在當年就成功佔有了妹妹的身體，只是身體一時適應不良暫時停止呼吸，是楊萱玫心太狠，太急著扔掉屍體了。

許多死而復生的人，幾乎都會因此獲得某種能力，厲心棠的「我見猶憐」是不是就是重生時獲得的？才吸引了叔叔撿走她？

從初認識的單純懵懂，到現在洞悉人心、幹練成熟的厲心棠，他並不討厭，反而更加喜歡；當她把惡魔咒術書看得比人命還重要時，他深深覺得這才該是「百鬼夜行」的人。

「厲心棠，」闕擎冷不防地問了，「妳究竟是米米，還是小柔？」

女孩正準備繞過金色屏風就進內場，微微一怔，回首笑了起來。

「我是厲心棠。」

永遠都是。

尾聲

蔡姓警察與其小隊，在數年前成爲失蹤的一員，至今下落不明，只可惜完全沒有出現在新聞報導裡；事實上，他一直在「百鬼夜行」外徘徊，但也無法去別的地方，他算是被栓在了建物外頭，永世不允許進入「百鬼夜行」，他的亡魂呈現標準紙片人的模樣，他的屍體應該在哪個廢棄車場的廢鐵餅裡吧。

厲心棠正蹲在水池邊餵著飼料，灑了一片又一片，裡面有一條小蛇吃得很開心。

「慢慢吃，換我好好照顧妳。」厲心棠在食指上親吻了一下，再對向小蛇，「我也愛妳。」

走回屋內關上落地窗，時間是五點半，她看著空蕩蕩的屋子，好像得想個辦法，把監視的天使跟惡魔也弄走，否則叔叔跟雅姐回不了家啊！

她回到房間，換上一套白色的西裝，甚至還戴了一頂紳士帽，今天紳士之夜呢！穿過衣櫃，來到了「百鬼夜行」。

「有模有樣耶妳！」一個瞇瞇眼的小子手裡正把玩著紅絲絨卷宗夾，「長大了孩子。」

「我穿西裝也挺好看的吧！」她接住了拋來的卷宗，「等等闕擎回來讓他直接上三樓好了！」

「闕擎闕擎闕擎，」阿天翻了個白眼，「一天到晚就只會闕擎。」

煩耶你！她紅著臉，趕緊朝樓下奔去，二樓有個殘破的靈魂正在擦地，他既瘦弱又恐懼，渾身都是傷，額角的洞不停流出鮮血，那可不是他們弄的，他死亡時這些傷就帶著了。

誰讓他在蔡平昌的車內，被車禍鬼一起弄死了，他們只是阻止了他去報到，把他綁到「百鬼夜行」來做工而已——敢射殺棠棠，整間「百鬼夜行」基本都不會放過他的！

這件事厲心棠樂見其成，她睜一隻眼閉一隻眼，沒管大家的做法。

「回來啦！這麼快？你才剛傳訊跟我說典禮要開始而已呢！」厲心棠一下樓，就已瞧見坐在吧台邊的闕擎，笑得心花怒放。

「只是重新落成，不必那麼多儀式啦！」闕擎倒是不太自在，拿起桌上的花給她，「喏，給妳的。」

「哇……」厲心棠喜出望外的笑容在一秒凍結，花束上的卡片是：「仁心仁術 章警官」。

章警官親自去道謝，他回到原本的職位，繼續處理難以解釋的案件。

眞借花獻佛挺粗糙的！嘖！厲心棠把花交給新來的女鬼，讓她把花分插在店裡的各個花瓶裡；新來的女鬼不太說話，是被性侵至死的，只是還想不起是誰。

「來吧！懷念這個卷宗嗎？」

她打開硬殼紅絲絨卷宗，那是「百鬼夜行」的契約，闕擎第一次跟她認識時也簽了類似的合約，有十五次機會，可以將亡靈引到「百鬼夜行」來。

但今天簽的合約不同，今天是他正式成爲「股東」的一天。

德古拉放了個古典雕花的銀盤在旁，盤上有把黑色的小刀，她劃開手指後便在合約上按捺指紋，接著便把刀子遞給了闕擎；不管幾百次，他都不喜歡這種挨疼的簽約方式。

指紋都按完後，厲心棠再遞過筆，因爲姓名的地方是空白的。

「你的本名不叫闕擎，別想誆我。」

闕擎相當詫異，「妳爲什麼知道我本名不叫闕擎？妳不是說妳讀不到我的想法嗎？也無法與我共情嗎？」

有時他眞的覺得與厲心棠的相遇是註定，他們獲得拉彌亞的法力後，厲心棠從共情到感染情緒再到讀心的能力都大躍進，可偏偏——她無法讀懂他。

「我讀不到啊！但是……我便利商店員工旅員的山難時，我喊過你全名你卻沒出事，那時我就猜到了。」厲心棠在說一件很久很久以前的事。

當時他們在山裡遇到了黃色小飛俠，因爲喊了全名的人都遭禍，可是她明明一見面就喊了闕擎的名字的。

時間眞快，那時的她，還在便利商店打工呢。

闕擎只能搖頭，厲心棠這傢伙，原本就是個過分精明的人呢！

他大筆一揮簽下了名字，同時一道手環扣住了他的手：金色手環，戴在了他的左手。

「恭喜成爲『百鬼夜行』的一份子。」她嫣然一笑，「歡迎回家。」

闕擎笑著，突然勾起她的下巴，朝前吻了一吻。

下一秒整間店爆出殺氣，闕擎嚇得趕緊遠離厲心棠，幾百雙眼睛突然都擠到一樓大廳來瞪著他……連對面正在擦玻璃杯的德古拉都瞪著他；哎呀呀，他這戀愛談得可眞辛苦。

厲心棠羞紅了臉，趕緊把合約往天花板扔去，上頭出現一雙手疾速收走，德古拉遞出的酒她一飲而盡，小正太吸血鬼正從屏風那頭探頭而出：「準備要開店囉！」

闞擎從容的坐在原位，看著大門敞開，厲心棠挺直腰桿的走了出去。

「德古拉，妳覺得她是米米，還是小柔？」闞擎突然瞄向了德古拉。

他笑得一臉優雅浪漫，碧藍雙眸眨了眨，舉起了自己的酒杯。

「她是厲心棠。」

鏘，是啊，永遠都是。

闞擎啜飲著美酒，透過金色鏤花雕刻的屏風，可以看見那白色的身影正恭敬的朝著敞開的大門外深深鞠躬：

「歡迎光臨，百鬼夜行！」

全文完

後記

三年，又一個系列走到了終點。

其實原始想寫百鬼的想法很簡單，想要如同「百物語」，講完一個故事，吹熄一個蠟燭，直到最後一根蠟燭熄滅後，就會出現妖怪。

這個概念很酷，但要執行時便發現很困難！首先一個故事要講一整本、講完吹熄後就沒了？還得先假設第一集是第88個故事這樣，如此與主軸連不起來；其次是許多「怪談」要延伸成十萬字以上的內容有點困難，可以擴展的元素也有限！最後當然是「吹熄之後」——

百物語最有趣的就是吹熄之後、妖怪出現的場景，欸……但文字描寫的話，會發生什麼事？妖怪出來散個步？就算吃人、嚇人也只有一集的份啊！

要發展成一個系列，勢必要從別處下手，就把重點放在妖魔鬼怪吧！

於是，「一妖一故事」的想法就誕生了。

由妖魔鬼怪經營的夜店，對「長腿叔叔」有執念的惡魔，身爲墮天使的雅姐，撿到一個被丟棄的人類嬰孩，最後卻在鬼怪包圍下幸福成長的人類女孩，以及一個有雙親、在人類世界長大，卻過得極其不幸的男孩。

回顧一下十二集的各種鬼怪：林投姐、水鬼、魔神仔、火焚鬼、座敷童子、黃色小飛俠、吸血鬼、狼人、報喪女妖、食人鬼、雪女以及拉彌亞。

嚴格說起來，很大部分都是「鬼」！在寫時就發現很多「妖」說穿了都是「鬼」，只是因爲各國文化不同、以及當鬼當久了，大概吸收了日月精華啥的，就晉級成「妖」了。

最後一集除了化解了拉彌亞對孩子的愛與痛之外（我眞的覺得希臘神話很病態），也帶出了棠棠的身世，其實她就眞的是被撿到的孩子，她很幸運的在愛中成長，死而復生獲得的能力也是讓她得以存活的主因。

從第一集的懵懂無知，到最後一集的成熟，其實在她每一次經歷事情後都有所變化，各種人類的行爲都在震撼她的三觀，在愛與無憂之中的孩子，是很難理解嗔痴愛恨的，這是她必須學習的課題；但她只是在溫室長大，沒有接觸過外界而已，可不是傻子，在那群深沉的妖怪間成長，怎麼可能會是單純的呢？

有別於幸福的她，闕擎就是個不幸的代表，擁有都市傳說的能力，導致他一生都很痛苦；但能遇到棠棠就是個轉機，他們也算是個絕佳互補，她可能是世界上唯一不覺得他奇怪、也不會指責他是怪物的人了，畢竟棠棠的三觀是屬於另一個世界的啊！

至於闕擎的過往，有機會會寫的，好歹人家也是都市傳說的一份子，應該能來個外傳或單行本吧！人不能選擇自己的出生，還是希望每個孩子都能幸福。

回看第一集《林投劫》的後記，當時出版時正值疫情爆發，當時我也說了不會把疫情帶入作品中，而今最後一集，疫情已然結束，這三年說快不快、說慢……也是過了啊！

也很謝謝這系列的繪者 Blaze Wu 老師，為這系列繪製了美好的各式鬼怪，而且她極度細心又專業，大家如果仔細看每一版的封面，除了每個都有隱藏品在封面裡外，每個封面都是堅持紅黑金三色，尤其那個金色，眞的非常非常的美！更別說每次印封面，她都是親自到印刷廠，務求每一個顏色都要精準的！

因應最後一集，十二本剛好可以對應十二個月，於是一個囊括十二個封面的連曆便隆重登場了！這眞的太漂亮！一次由十二位鬼魅陪伴大家渡過美好的二〇二四喔！

至於下個系列，我想之前有人也留意到了，目前暫定是「Sin」，各種原罪是寫不完的，老話一句，打開今天的新聞吧，每件事都能有個原罪歸屬呢！

謝謝這三年的百鬼夜行，如果哪兒眞有開這間夜店，我還眞想去看一看。

最後，由衷感謝訂閱購買這本書的您們，購書才是對作者最實質且直接的支持，沒有您們的購書，作者便無法繼續書寫下去，謝謝！

笭菁

境外之城 153X

百鬼夜行卷 12（完結篇）：拉彌亞
（限量2024百鬼夜行連曆版）

作　　者／笭菁
企畫選書人／張世國
責任編輯／張世國
發 行 人／何飛鵬
總 編 輯／王雪莉
業務協理／范光杰
行銷主任／陳姿億
資深版權專員／許儀盈
版權行政暨數位業務專員／陳玉鈴
法律顧問／元禾法律事務所　王子文律師
出版／奇幻基地出版
城邦文化事業股份有限公司
台北市 104 民生東路二段 141 號 8 樓
電話：(02)25007008　　傳眞：(02)25027676
網址：www.ffoundation.com.tw
e-mail：ffoundation@cite.com.tw
發行／英屬蓋曼群島商家庭傳媒股份有限公司城邦分公司
台北市 104 民生東路二段 141 號11 樓
書虫客服服務專線：(02)25007718・(02)25007719
24 小時傳眞服務：(02)25170999・(02)25001991
服務時間：週一至週五09:30-12:00・13:30-17:00
郵撥帳號：19863813　　戶名：書虫股份有限公司
讀者服務信箱 E-mail：service@readingclub.com.tw
歡迎光臨城邦讀書花園 網址：www.cite.com.tw
香港發行所／城邦（香港）出版集團有限公司
香港灣仔駱克道 193 號東超商業中心 1 樓
電話：(852) 2508-6231 傳眞：(852) 2578-9337
馬新發行所／城邦（馬新）出版集團
【Cite (M) Sdn Bhd】
41, Jalan Radin Anum, Bandar Baru Sri Petaling,
57000 Kuala Lumpur, Malaysia.
電話：(603) 90563833　　傳眞：(603) 90576622
E-mail：services@cite.my

封面插畫／Blaze Wu
封面版型設計／Snow Vega
排　　版／芯澤有限公司
印　　刷／高典印刷有限公司
■2023 年9月5日初版一刷

售價／420元

國家圖書館出版品預行編目資料

百鬼夜行卷 12（完結篇）：拉彌亞／笭菁著　—
初版—台北市：奇幻基地出版；
家庭傳媒城邦分公司發行；2023.9
　面：　公分 .--（境外之城：153）
ISBN 978-626-7210-73-4 (平裝)

863.57　　112012874

ISBN 978-626-7210-73-4
EAN 4717702121723
Printed in Taiwan.

※ 本故事內容純屬虛構，如有雷同，純屬巧合。

廣　告　回　函
北區郵政管理登記證
台北廣字第000791號
郵資已付，免貼郵票

104 台北市民生東路二段141號11樓

英屬蓋曼群島商家庭傳媒股份有限公司城邦分公司 收

請沿虛線對摺，謝謝

奇幻基地

每個人都有一本奇幻文學的啓蒙書

奇幻基地粉絲團：http://www.facebook.com/ffoundation

書號：1HO153X　書名：百鬼夜行卷 12（完結篇）：拉彌亞
（限量2024百鬼夜行連曆版）

請於此處用膠水黏貼

奇幻基地

讀者回函卡

謝謝您購買我們出版的書籍！請費心填寫此回函卡，我們將不定期寄上城邦集團最新的出版訊息。

姓名：＿＿＿＿＿＿＿＿＿＿＿＿＿＿＿＿ 性別：□男 □女

生日：西元＿＿＿＿＿＿年＿＿＿＿＿＿月＿＿＿＿＿＿日

地址：＿＿＿＿＿＿＿＿＿＿＿＿＿＿＿＿＿＿＿＿＿＿＿＿

聯絡電話：＿＿＿＿＿＿＿＿＿＿＿＿傳真：＿＿＿＿＿＿＿＿＿＿＿＿

E-mail ：＿＿＿＿＿＿＿＿＿＿＿＿＿＿＿＿＿＿＿＿＿＿＿＿

學歷：□1.小學 □2.國中 □3.高中 □4.大專 □5.研究所以上

職業：□1.學生 □2.軍公教 □3.服務 □4.金融 □5.製造 □6.資訊

□7.傳播 □8.自由業 □9.農漁牧 □10.家管 □11.退休

□12.其他＿＿＿＿＿＿＿＿＿＿＿＿＿＿＿＿＿＿＿＿

您從何種方式得知本書消息？

□1.書店 □2.網路 □3.報紙 □4.雜誌 □5.廣播 □6.電視

□7.親友推薦 □8.其他＿＿＿＿＿＿＿＿＿＿＿＿＿＿＿＿

您通常以何種方式購書？

□1.書店 □2.網路 □3.傳真訂購 □4.郵局劃撥 □5.其他

您購買本書的原因是（單選）

□1.封面吸引人 □2.內容豐富 □3.價格合理

您喜歡以下哪一種類型的書籍？（可複選）

□1.科幻 □2.魔法奇幻 □3.恐怖 □4.偵探推理

□5.實用類型工具書籍

您是否為奇幻基地網站會員？

□1.是□2.否（若您非奇幻基地會員，歡迎您上網免費加入，可享有奇幻基地網站線上購書75 折，以及不定時優惠活動：
http://www.ffoundation.com.tw/）

對我們的建議：＿＿＿＿＿＿＿＿＿＿＿＿＿＿＿＿＿＿＿＿＿＿

＿＿＿＿＿＿＿＿＿＿＿＿＿＿＿＿＿＿＿＿＿＿

＿＿＿＿＿＿＿＿＿＿＿＿＿＿＿＿＿＿＿＿＿＿

請於此處用膠水黏貼